Marmitas frias

RICARDO TERTO

Marmitas frias

E requentadas

Estava prestes a dedicar este livro às maravilhosas pessoas
que me ajudaram e suportaram por todo este tempo.
Mas percebi a tempo que seria falta de educação.

E à minha mãe, pelo fubá e pelo sangue mineiro.

Porque aqui é São Paulo, estar perdido é o seu novo lar

Nota do autor

Dois mil e dezessete, quando a primeira edição deste livro aconteceu, foi há muito tempo e imagino que, quando você estiver folheando estas páginas, vai fazer mais tempo ainda. Ninguém fazia um Pix, nem jogava em bet, nem falava com o ChatGPT. Também ninguém fazia um bet, falava com um Pix e apostava no ChatGPT. Pré-pandemia, pré-Bolsonaro, pré-final de *Game of Thrones*. Uma porção de frango a passarinho, com um chumaço de alface para disfarçar, por vinte reais, era um abuso. Hoje é uma alegria — "como achar cinco reais no chão", eu escrevi em "Futuros".

Por falar em "Futuros", é nesse texto que discorro sobre vários futuros tretando no instante presente para ver qual deles vinga, quem sobrevive. Sem esperar, eu sobrevivi, ainda estou vingando, mas não mais contra a estranha esteira da linha amarela do metrô, uma das crônicas que não vieram parar nestas marmitas requentadas. Bem, você pode achar que isso é como se alguém tivesse roubado um pouco da mistura, e estou roubando a marmita que eu mesmo ofereci, mas você também irá reparar que ela está com novos temperos e, inclusive, duas ou três porções extras de textos. Como eu ia saber que tanta gente ia gostar de paçocas e ioiôs?

Por isso, tal qual a carreira de Mike Tyson, este livro sobe ao ringue mais uma vez, nem que seja pelo cachê de quinhentos reais para ficar quatro horas conversando sobre tudo o que aprendeu passando raiva.

Ainda que o futuro tenha nos trazido uma pandemia, a ascensão da extrema direita e as inteligências artificiais que escrevem coisas como "o escritor Ricardo Terto morreu em 1974 e frequentava clubes boêmios de jazz em São Paulo", ainda assim, um pastel continua sendo um pastel, um carro do churros ainda vende churros *recheiados*. Casas vazias mantêm seu eco de despedida, bitucas ainda boiam na enxurrada, moleques brincam em ruas de terra e alguém, neste momento, terá que arrumar o bolo para o aniversário do chefe. Pelo menos, por enquanto, podemos requentar nossas marmitas, pegar um Gol bolinha e viver essa aventura, com três novos textos que ficaram no fim do livro para ajudar na digestão. Que fase.

Pastel comum

Noite, saída do metrô República, cada um por volta de seus sete,
oito anos, travesseiro na mão — cabou o expediente —,
escorregam pelo corrimão. Dão risada, não olham pra mim, não
sou assunto agora.
Como eles, ao longo do dia que passou,
sou só uma coisa que passa,
subindo alguma hora eu dou uma dessas:
"esses moleques podem cair e se machucar"
com toda a autoridade de quem não se responsabiliza pelo prato
de comida na mesa de ninguém.
Afinal de contas.
Pra todos os efeitos eu sou uma pessoa sensível que está por
dentro de todas as demandas da sociedade.
Mas subo de dois em dois degraus porque se alguém morrer na
minha frente vou ter que lidar com isso, prestar depoimento,
vai me atrasar pra eu chegar em casa abrir uma lata.

Os

moleques

escorree

e

e

e

e

gam

e

somem

dentro

da

garganta do metrô e vão parar em algum compartimento dentro
da minha cabeça, onde guardo imagens que possam ajudar num
momento de aflição
(quando eu estiver me sentindo um completo inútil,
posso dizer a mim mesmo que sou sensível,
preocupado com acidentes em vias públicas).
Esses dias, paguei um pastel especial prum tiozinho, ele andava
eSquisItO
e todo mundo achou que ele estava bêbado, mas era fome, óbvio.
Quando ele se aproximou e pediu alguma coisa esfregando a mão
na barriga, circularmente,
esse compartimento da minha cabeça soltou um alerta de
"oba, mais uma oportunidade", e que coisa,
perguntei pra ele qual recheio de pastel ele queria,
ele sorriu, ou fez uma careta que me pareceu um sorriso,

e respondeu

— O grande.

E desenhou no ar o tamanho.

Na hora que eu peço o especial ele já começa a chorar, mas não cai lágrima nenhuma, ficam os olhos-piscina. É engraçado no desenho animado, mas pessoalmente é como ver um truque de mágica que você desconfortavelmente acha que é um truque, mas não.

Me entregam o pastel e quando vou passar pro tiozinho, como bom político, entrego sorrindo (pra mim mesmo no futuro, nos dias em que estiver me sentindo um completo inútil) e ele pega como se fosse um bebê recém-nascido —

a ideia cinematográfica de que o faminto rasga a comida é desses mitos da arte, o faminto trata a comida como algo mais vivo que ele próprio, observe aqueles que reviram os lixos dos condomínios, é um tipo de arqueologia, quem rasga comida somos nós, cães domesticados

— e sai abraçando o pastel no peito e apontando pra cima, dizendo que deus é alguma coisa.

— Grande

eu acho, talvez... até maior que o pastel especial.

Quando fui colocar isso no compartimento de autoindulgência, foi cuspido de volta. Acabou o espaço. Acumulei muita coisa lá. Começou a transbordar.

Saía pelos olhos, pelo nariz, pelos ouvidos. Fui tentando me salvar, tapar com as mãos, a areia interna era tudo o que eu tinha, eu sou um corpo sem órgãos, um boneco de enchimento, agora furado, murchando.

Agora estou na Sé, os crentes falam sobre o Deus Maior Que o Pastel Especial, e organizam uma fila de sopa. Se eu for parar na rua, são os crentes que vão me salvar, coletivo vai me tirar uma foto e ganhar dez mil curtidas, mas são os crentes que vão me dar sopa. Quem conhece a cidade sabe que peça está em cartaz, onde é espectador e onde é ator. Foco de luz no M., por favor.

M. não consegue mais pagar o aluguel, já não tem como fazer mercado, pega uma fila dessas todo dia como única refeição.

Pago uma cesta básica, esperançoso, mas é tarde demais. Agora nada mais fica dentro de mim, meu corpo expulsa toda essa areia de orgulho cínico, bom samaritano do textão, murchando, murchando, olha a sua cidade, um bando de sombras se alimentando de vaga-lumes, que fim terá isso, murchando,

porque me pagam, porque me salvaram, porque o Deus Maior Que o Pastel Especial me livrou da fila da sopa ou do travesseiro que escorrega na garganta de aço.

- Você pode pular a próxima parte e ir direto ao ponto em que eu escrevo "CONTINUAÇÃO".

As pessoas. Consigo ouvir a areia dentro de suas cabeças/ primeiramente fora temer e segundamente é um pouco complicado de explicar/ cada um que cuide da sua vida/ vou nessa onda,/ sou desses que sabe fazer *molotov*, mas não sabe onde fica a associação do bairro,// os anarquistas estão chegando, por favor sem máscaras feitas na China desta vez/ ninguém pede permissão aos moradores de rua, nem licença// desculpem o transtorno estamos tentando consertar o país ou algum slogan desse tipo// tem uma pessoa trans que mora na rua aqui perto, já vi ele dando umas dez entrevistas,/ coletivos que querem dar visibilidade, programas da Band, jornal grátis/ ele continua vendendo Halls pelos lados da Santa Cecília, ele é famoso, mas a concorrência aumentou nos últimos seis meses// E as pessoas ainda morrem na rua embora ninguém fale sobre isso//

No Centro de três em três minutos alguém vai te pedir comida, cigarro, pinga, ou atenção — nem que sejam dez centavos.

Algumas pessoas já perceberam que não estamos mais dando conta. Apesar de que na Fradique, essa rua cenográfica com vários restaurantes, não vi pedintes na porta de nenhum, fantasmagoria social compreensível, todo mundo quer almoçar em paz, até os pedintes depois sentam num canto, na deles, no futuro moraremos em grandes praças de alimentação-hotel, ainda assim haverá disso.

Já o Centrão.

O Centro voltou a ser o Centro, sem filtro. Não estamos mais dando conta. A lenta explosão da cidade começou, vocês estão vendo? É que estamos em ultracâmera lenta, mas olha ali, corpos que aparecem no chão, mas o asfalto está cedendo, quando perceberem que o mundo já acabou, vão tentar escalar aqueles prédios de jardim vertical no Minhocão pra morrer num jardim próximo.

Até no apocalipse existirá a sorte de quem está no lugar certo.

• CONTINUAÇÃO.

Quando alguma coisa te fizer um furo e começar a sair toda essa areia, não se espante se começar a ouvir vozes fora da sua cabeça, não se espante se descobrir que todas as conversas que você teve na vida foram com você mesmo, não se espante se perder a rigidez dos músculos, se você ficar mole, meio ar, meio algum recheio, tipo um pastel comum de feira.

Pastel comum. Você não é porta-voz de periferia nenhuma.

Pastel comum. Você não dá visibilidade pra ninguém.

Pastel comum. Você não desconstrói a sociedade.

Pastel comum. Você vai durar um tempo, não muita coisa e, se tiver sorte, alguém dos olhos-piscina vai te adotar por uns segundos e você vai desaparecer para que alguém viva outro dia.

Ou

resistente, certo de que seu destino é ser — grande — você pode se reencher. Cheio disso que não é alimento pra ninguém, seus braços voltarão a crescer, suas pernas, sua cabeça, toda essa confiança, toda essa areia.

É. É uma alternativa. Acho que dá.

Viver na cidade, comprimindo um deserto dentro do corpo.

Blecaute

Chove, São Paulo alaga. Ah lá, ó. Aperta o passo, aguaceira, poça, fossa, guarda-chuva, capinha de cinco reais.

e

Blecaute.

Tinha aqueles espelhos quadradinhos de banheiro de espelunca, quando eu vejo sinto até o cheiro. Em dia de trovoada, a tradição é virar, senão atrai raios e maldições.

(Maldição é assim, tanto faz, EM TESE, se o espelho for vagabundo ou emoldurado com pedras de um país que nem sei se existe mesmo ou é invenção do vendedor, se quebrar aquela parte onde reflete nossa cara é azar, sete anos, no mínimo, sete anos pra começar. Acontece que em sete anos todas as células do seu corpo são trocadas, daí que a coisa ruim fica na pele que foi embora).

Blecaute.

Onde você guarda as velas da sua casa?

Sem TV, eu gostava de assistir o fogo trepidançando.

Quando muita era a agitação, jogávamos o STOP.

Nome — Cidade — Cor — Música — Filme — Doença (doença???)

A—B—C—D—E—F, F!

Fábio, Florianópolis, Ferrugem (não é cor! é sim! não é cor!), "Forever Young", *Fuga de Nova York* e Fimose.

— Mas Ferrugem não é cor etc.

Aí cansa e o tempo vai passando e a luz não volta. A força. A energia. Não volta. A vela vai gastando e a cera começa a parecer aquelas fotos de mentirinha da superfície de mentirinha de um planeta de mentirinha, onde uma sonda de mentirinha pousou.

Bem sabemos que o universo agora é iluminado só por essa luz insistente — lá fora não existe, lá fora são nossas sombras.

M

Maria, Maringá, Marrom, "Maria, Maria" e Mal Súbito (isso não é doença! é doença, sim! não é doença!)

Quando a vela morrer vai ser em cima da tampinha de pote de azeitona. Enquanto isso faz um chá aí. Faz uns desenhos. Brinca de passar rápido os dedos no fogo sem se queimar.

Cuidado com objetos pontiagudos. Com animais pequenos. Com tecidos finos e substâncias inflamáveis.

Cuidado com fotos de família, panos de prato. Um descuido e vão acabar iluminando o que não queriam.

E se foi uma tempestade solar e nada nunca mais voltar a ter luz?

E se terminarem todas as letras do alfabeto e tampas de azeitona e mesmo assim estivermos no escuro?

Ah! Foi só falar.

Grito no bairro. A geladeira fez aquele som. O zunido das correntes elétricas dentro das paredes. A lâmpada que arde os olhos.

A luz voltou só para ser rapidamente apagada pois amanhã se acorda cedo.

Segunda-feira

Toda segunda-feira.

A matemática é simples, cada ser humano é a proporção 1:1.

Por muito tempo tentei caber na vida das pessoas, acabei indo parar em agendas e listas, avatar posto, *tagline*, resumidinho, dá certo, Lattes; mestrado: a viralização do próximo vira-lata transformado em periférico de estimação, classe média explica, meu patriarcado pesa uma tonelada, qualquer um escreve um textão, literatura marginal é a cabeça do meu pau.

Pode ser que a fraude seja nossa única salvação, a fraude infantil e a geriátrica, bater cartão, votar em patrão, bater em padrão, votar cartão, e quem na vida nunca foi digno de pena, digno de nota, anota aí, eu já era fodido antes de vocês se foderem, tamo disputando sim, *like* e militância, ovomaltine e o Brasileirão.

Deve ser porque escroto por escroto, vale mais o polemizador, alimenta fetiche burguês, escravizado liberto ainda almoçando depois, mas, risos, na Fradique tem por quilo, não aceitamos cartões de crédito — na tipografia de giz, Liniker é o novo Criolo, calma Karnal, Sakamoto sacou: na Duvivier, vai ler Villaça, hoje é dia da caça, amanhã também, depois derrubamos os outros.

Algumas crônicas mais e continuo com dor de cabeça, eu deveria ter vergonha de estar conseguindo pagar o aluguel, indicam pesquisas Datafolha, afinal, *Veja*, a periferia, coitada, precisa de vozes e curandeiros e análises e muros patrocinados pelas tintas Coral, é comunidade mesmo o nome de um lugar onde é cada um por si, depois dos pingos nos is, engajadores não sei se tiro o J e boto um N, é por aí, mas já não sirvo de nada.

Eu ouvi um amém?

Claro que é só disso que a gente sabe falar, é só disso que vocês querem ouvir, política, Pokémon, pornô vazado, fora temer tatuado no rabo, entre o festivo e o fascista, nenhuma salvação à vista, mas se eu for franco desde antes de 2002, cês já tinham frango pra misturar no feijão com arroz, lidem com isso, povo brasileiro, Darcy Ribeiro, ninguém liga pra quem chegou primeiro, aqui nóis fura fila memo, não gostou dá *unfollow*, mas volta logo.

Por via das dúvidas, tirei meu mapa astral, encontrei signos mas sem significados e significantes, com essa verba não dá pra ser muito confiante, o banquete virou piquenique, todo mundo trouxe refrigerante, e tem quem ache que tô poupando champanhe, eu tô é escondendo sangue, haja guardanapo e pano de prato, haja saco e estimulante, o fuzil pro carioca é pro paulista o Rivotril, vim da puta que me pariu pra escrever sobre o Brasil?

Da eleição diária do mito e o herói, colunista que dói em pedra dura, bate que bate até que alisa, pede emprego em quem cospe e critica, já manjou que o burguês é sadomasoquista, não tem doméstica tem "diarista", pra ficar bem na pista, se define ativista, chama o sistema de capitalista, mal sabe que a guilhotina está afiada pra conversas fiadas.

O Brasil e o boleto estão vencidos, a diferença é que o primeiro eu nem vou tentar pagar, vou deixar caducar, ou eu caduco antes, a culpa é dos juros, juízes e juramentos, podem ficar com a casa, bens e ossos, tô nem vendo, já morri por menos, por muito menos já tomei veneno, toda segunda-feira, veneno, toda segunda-feira.

Beep-beep

O cara sai do estacionamento com o seu carro tal qual um Batman pronto pra salvar Gotham City da vilania.

Canta pneu, sai boladão, assusta pedestre e

PARA

DEZ METROS À FRENTE

ATRÁS DE UM UNO

NO TRÂNSITO.

A buzina, que deveria ser um recurso para evitar acidentes, virou o sinal sonoro que destaca quem tem pouca capacidade de analisar dados e resolver conflitos, vulgo inteligência.

E inteligência é importante. Beep-beep.

Ninguém mandou acreditar em comercial de carro que mostra engravatado fazendo curvas perigosas numa cidade vazia com avenida de cinco faixas, e uma mulher atraente de sobretudo te olha e aceita uma carona para efeitos de visagem futura, tio.

E olha lá o ciclista passando, se liga na bunda dele te dando tchau. Uma bunda deveras torneada por exercício grátis, enquanto você tenta impressionar na flexora as minas no Marra Fit, e não consegue nem um *crush* no Happn. Beep-beep.

Bota uma musiquinha pra relaxar. Xí, plantão de notícias. Um engarrafamento histórico de proporções nunca antes registradas.

Não dá pra acreditar, buzina mais uma vez, vai que resolve. Beep--beep.

Maldita buzina, serve pra nada, negócio inútil não resolve meus problemas, não traz meu amor de volta em três dias, não queima gordurinhas localizadas, não combate calvície, negócio inútil.

Passa-se uma hora. Manda um *whats* dizendo que parece que miou o *happy*.

Passam-se cinco horas. Engarrafamento Histórico no *Trending Topics*. Acho que já dá pra tirar a mão do volante.

Madrugada. Fome, mas e se você sair e o trânsito começar a andar? Por sorte tem uma van de bolacha a três carros de você. Corre lá rapidinho e negocia três pacotes da de coco.

Passa-se uma semana. Amizades são construídas. Clima de paquera no ar.

Passa-se um mês. O comércio local já está estabelecido. Uma micropolítica se instala e, como de praxe, os de carro popular são designados para tarefas de mão de obra.

Passam-se seis meses. Todos aceitam o trânsito como moradia permanente. Agora cartas são enviadas para o carro de placa tal.

Passam-se três anos. Com os primeiros bebês surgidos do engarrafamento crescendo, surge a questão de como criar carros-creches. As buzinas passam a ter papel de comunicação à distância, parecido com o dos telégrafos.

Passam-se dez anos. Já é grande a literatura disponível sobre as pessoas que vivem no engarrafamento. A maior parte da sociedade espontaneamente abandona suas residências e decide viver nos carros.

Passam-se vinte anos. Finalmente a CET retira o caminhão que tombou na pista e pode liberar o trânsito. Mas ninguém mais se lembra pra onde ia e todos decidem viver ali mesmo. Naquela sociedade encontraram a verdadeira felicidade. A passagem de ano é marcada por um grande buzinaço. Beeeeeep-beeeeeeep--beeeeeeeep...

BEEEEEP! E você acorda.

Que coisa feia, dormiu ao volante. Passaram-se só dezesseis minutos. Atrás de você um Fiesta buzina e o motorista grita:

— Ô ARROMBADO, TÁ DORMINDO AÍ?

Você limpa a baba e sorri. É São Paulo. E o happy hour ainda tá garantido.

Churros

Sobre a crise de representatividade.

Se liga nessa ideia.

Você pega seu Gol bolinha — mó cota, várias ladeiras vencidas, outras não vencidas, a vida é assim — e vai ao hipermercado.

Esse estacionamento é bica. Parece até que tô comprando um 1 quilo de feijão, você satiriza. Estou, sim, te colocando nesse universo onde você tem um Gol bolinha e faz piada com o preço do feijão. Aproveite essa aventura.

Daí você pensa que pega nada, deixa o carro lá fora que é o seguinte:

— Vai ser rapidão (decepção número 1).

— Você instalou um sistema chamado

CAR SYSTEM

e tá tudo certo. Os cara vão mandar até helicóptero. Vai ter *sniper* com óculos do Stallone Cobra pra caçar vagabundo que tentar engrupir seu patrimônio. Não só seu, mas da vida, né? E aquele adesivo do Villa Country vai ajudar na identificação.

Sim, eu te coloquei num universo em que você tem um Gol bolinha e foi com ele uma vez no Villa Country, e deu arranhada só de zoeira nos Camaro ostentação. Aproveite essa aventura.

Aí você sai com duas sacolas estilizadas, as laranjas quase querendo pular fora do saco, e contempla um vazio no lugar do seu veículo.

Olha pra cima, cadê helicóptero? Cadê Stallone? "Você é uma doença e eu sou a cura", cadê?

FLASHBACK:

Alguns minutos atrás, do lado de fora do hipermercado...

"WEEO-WEEO. ATENÇÃO. ESSE VEÍCULO ESTÁ SENDO ROUBADO E É MONITORADO PELA CAR SYSTEM."

Pensem na palavra Indiferença.

Tá todo mundo ainda com aquele bafo da manhã. Ninguém liga. Não é nem como se perguntassem se você pode ter seguro. É: tanto faz se você tem seguro ou não, sua vida, seu Gol bolinha, suas esperanças caindo do saco e rolando em direção ao Desconhecido. Ninguém liga e a voz do alarme é chata, metálica, mandona, sem moral nenhuma. Não troca uma ideia antes, não sabe chegar. Tem mais de vinte mil resultados sobre como desativar alarme Car System na internet. Bafo da manhã.

FIM DO FLASHBACK.

Você senta e chora. Liga pra polícia. Vêm os cara com uma câmera na mão. É prum programa chamado *Polícia 24h*. Você tá emocionado e tudo o que fala errado será colocado posteriormente em itálico nas legendas. Uma sutil forma de te dar uma humilhada enquanto sua cara quadriculada diz que <i> Sumpaulo <i> não dá mais.

Mais tarde você já está em casa quando ouve:

"O CARRO DO CHURROS CHEGOU"

Isso é bom. Um alento na alma. O carro do churros. Deliciosos churros de chocolate e doce de leite. A melhor parte é quando a voz diz:

"CHURROS RECHEIADOS"

Essa valorização da letra I é um charme de gênio da propaganda, porque a gente cria a imagem mental de que o churros é tão recheado que ganha até uma vogal extra. Aliás, o correto é "Cheio" e "Recheio", por que não "Recheiado"? Fica aí o questionamento.

Mas o lance é o seguinte. Todo mundo liga pro carro do churros, todo mundo chama a mamãe e o papai. Todo mundo vai com três reais e cinquenta centavos pegar um de cada. E se não vai, pelo menos percebe a existência do carro do churros. Se foi o Chaves que gerou esse grau de interesse, não sei. Eu acho que o segredo está no carisma do narrador. Aquela voz amigável, num tom sincero, sutilmente maliciosa, mas convidativa, aquela vogal displicente e charmosa.

E é aí que entra a minha ideia. A essa hora você já sacou tudo.

Imagina se ao invés de você instalar o alarme da Car System

você instalasse A GRAVAÇÃO DO CARRO DO CHURROS?

Ladrão chega no seu veículo e em vez de rolar a sirene chata vem um

"O CARRO DO CHURROS CHEGOU...".

Vixe, imagina o apavoro. A confusão.

"DELICIOSOS CHURROS"

O cara vai achar que tá roubando o carro do churros, mas cadê o bagulho...

"RECHEIADOS"

Todo mundo começa a se aproximar do seu carro com três reais e cinquenta centavos na mão. Moiô o corre, moiô o corre. Maluco sai a milhão de a pé porque aquele bando de bafudo vem que nem zumbi na cola querendo churros de chocolate e de doce de leite.

Você sai e seu Gol bolinha tá lá, pronto pras novas ladeiras da vida.

Sobre a crise de representatividade.

Se liga nessa ideia.

Paçoca

É na hora que o dentista liga aquele aparelhinho frenético
que você percebe que está diante de uma experiência espiritual.
Em 1990 existia uma coisa chamada
nota de cinco mil cruzeiros
e ela era linda.
E com ela eu fui até a vendinha e comprei
Ploc, melzinho e balinhas.
Uma bela iniciação no universo do consumismo e dos maus hábitos alimentares.
Doce é um negócio tenso.
É o próprio abraço da sra. Morte em forma de açúcar, mas a gente não consegue se soltar.
Afinal existem coisas como
ICEGURT, SONHO DE VALSA, DOCE DE LEITE, SORVETE, DANONE,
dá pra comer NESCAU E LEITE EM PÓ MISTURADOS NUM COPO
HMMMMM
e

não

vamos

esquecer

Paçoca.

O argumento final: paçoca.

Por mim toda discussão política eufórica neste país terminava com Paçoca.

— Você sabia que o impi-

— CALA A BOCA E COME UMA PAÇOCA!

Ou você pode optar por um elegante:

— Paçoca.

Como quem diz:

— Não tenho tempo para isso agora. Estou em estado de Paçoca.

Muito divertido.

Mas um dia ou outro você terá que ir ao dentista para ter uma experiência espiritual.

TÁRTARO,

já ouviu falar?

Na mitologia grega é a PERSONIFICAÇÃO DO INFERNO.

Portanto, ir ao dentista cuidar do tártaro é o equivalente moderno ao processo de exorcismo.

O dentista é uma espécie de arcanjo que aplica a justiça divina.

Três coisas tornam um dentista uma presença superior entre os homens.

1. O dentista sabe o quanto somos burros. Incapazes de utilizar ferramentas rudimentares como uma escova de dentes e um fio amarrado entre os dois dedos indicadores, sendo que até o *Castelo Rá-Tim-Bum* fez um tutorial. E a gente quer falar de complexi-

dades como política, ciência e *Game of Thrones*. O dentista anda por aí sabendo que está cercado por idiotas. Não é fácil carregar esse fardo.

2. O dentista conhece uma expressão do seu rosto que talvez nem seus amigos mais íntimos conheçam, nem seus familiares, ou você mesmo. A expressão de total fragilidade e medo. Medo Real. Quando o motorzinho é direcionado para sua gengiva doente, cai a máscara social. Sobra só um ser confuso em sua forma crua de dor e resignação.

(Ah, você quer uma anestesia? Você estava na rua de boa e um doido num carro quebrou sua perna? Não? Ah, você quer anestesia porque você não soube escovar os dentes?

Você não assistia *Castelo Rá-Tim-Bum*? ANESTESIA??? Não me faça rir.)

3. O dentista é capaz de entender os múrmuros de línguas mortas que, reduzidos à nossa ancestralidade, são acionados quando o tubo de sucção está em nossa boca.

— Mmhmmhrmhmrmssgmeaeoommm?

— Vai doer um pouco sim.

— Mmmmmsnddnsshnndd?

— É um processo jurídico, político e midiático.

— Mmthghhhgmmbaeeemmbmmm!

— Talvez sua argumentação esteja correta. Agora abre mais a boca.

E é quando o instrumento da justiça está entre a carne da sua gengiva e seus dentes que você percebe que está em uma experiência espiritual. Raspando seus pecados.

A cada raspagem você confessa:

Joguei biribinha no quintal da dona Tereza porque ela furou minha bola.

TICZZZZZZZZZZZZZZ.

Fingi que estava dormindo quando a velhinha entrou no ônibus.

TICZZZZZZZZZZZZZZ.

No primeiro turno eu sempre voto baseado nas pesquisas do Datafolha.

— Essa parte aqui está mais inflamada, vou ter que raspar DUAS VEZES, TÁ?

TICZZZZZZZZZZZZZZ. TICZZZZZZZZZZZZZ.

E então o dentista te mostra um espelho.

Isso aqui é porque a sua gengiva está inflamada.

Um sorriso de sangue. Veja como você é burro. Veja como você ainda não entendeu que seu corpo é sua única moradia até a morte. Tá vendo, bonzão? Você não conhece nem sua própria boca e quer salvar o mundo? Agora cospe ali.

Termina o ritual de dor, sangue, lágrimas e saliva. Você sai do consultório purificado.

Tão iluminado que é capaz de entortar talheres com o pensamento e projetar sua mente pra nascente do rio Eufrates.

Uma pena que trinta minutos depois, com o fim do flúor, volta também o humano, demasiado humano. E estamos apontando coisas e julgando tudo e fofocando e construindo um novo Tártaro.

Você encontra o dentista na rua e ele:

— Sabe aquilo que você me perguntou sobre o impi-

— CALA A BOCA E COME UMA PAÇOCA!

A passarinho

Num feio fim de tarde desses, anos atrás, eu estava com uma grotesca, gigantosca porção de frango a passarinho posta em minha mesa numa bardaria na Augusta.

Porção: quantidade aleatória de petisco. Não se engane pelo ÃO, às vezes você recebe cinco polentas meio queimadas com um CHUMAÇO DE ALFACE SECO por vinte reais.

Bardaria: Meio Bar, Meio Padaria. Patrimônio Cultural de São Paulo.

Frango a passarinho: Segundo a Astrologia das Porções, técnica GASTROMÍSTICA que eu mesmo desenvolvi, pedir uma dessas num sábado à tarde "é sinal que algum desafeto do passado ressurgirá. É tempo de refletir".

Do outro lado da mesa, um amigo, desses que o insulto vem fácil, o tipo de pessoa com quem geralmente eu gosto de sair para tomar uns copos de cerveja Da-que-tem.

Em tempo: nessa época, eu saía de casa às seis da manhã, chegava na FMU às sete e ficava lá até às onze. De lá ia trabalhar, entrava ao meio-dia e largava às dez da noite. Chegava em casa às onze, tomava banho, jantava, ligava pra dar boa noite pra gata, *upava* meu Tauren Guerreiro, assistia *Family Guy*, desmaiava e acordava às seis da manhã para repetir o processo.

Algumas vezes, no sábado, "pediam" para eu trabalhar de manhã. Saía mais cedo e sobrava tempo pra colar na Augusta, debater regras de apocalipse zumbi, clichês de filmes pornô, desabafar sobre as tosqueiras do trabalho e soltar epifanias sobre coisas como *South Park*, "Rap do Trem", black metal, infância, Rússia, *Silent Hill*, *Clube da luta*, Zé do Caixão e cada assunto fazia ligações com sentimentos, neuras e desejos. O final do papo sempre trazia ZERO conclusões.

Eu já tinha minhas ideias políticas e soltava elas naturalmente se o papo pedisse. Sem aquela coisa de passar na miúda o MILITÂNCIA LATTES, como tem hoje um pessoal que faz. Sem um lance de DAR O BRIEFING MORAL de tudo. Negócio de bar com pauta É O FIM DE TUDO — O FIM — ILLUMINATI VENCERAM — MAIAS SABIAM — 666 — O FIM. O que combina com pauta é café. Me chamou pra café, já sei que é pra eu me conter que o negócio é sério. Chamou pro bar, é um convite ao Caos Mental e à Desorganização de Pensamento Com Direito a Karaokê.

POIS BEM.

Num fim de tarde desses, estávamos de assunto-comum, de humor encorajado pela cerveja e dando um pouco de dignidade ao dia cansativo

QUANDO

um rapaz loiro tipo *A lagoa azul*, curtido de um sol generoso, um cabelo cuidadosamente bagunçado, um desleixo planejado, sujeira tipo ateliê, cheiro de sabonete caseiro com haicai esculpido feito por uma amiga que fugiu pro planalto central e mudou o nome para Cianarê,

chega ao nosso lado e pergunta:

— Boa noite.

Quer dizer, a abordagem foi primeiramente um boa-noite. Depois, sim, ele perguntou:

— Posso fazer uma pergunta?

Pude perceber nas sutis expressões de seu rosto que ele estava DESGOSTOSO de ver aquela despropositada porção de frango a passarinho na mesa e já pensei que seria uma conversa sobre o que achávamos de ter pedaços de um cadáver num prato ornamentado com limão e um projeto de salada, que seriam mergulhados numa solução improvisada de ketchup, mostarda e sei lá mais o quê.

Mas não. Ou sim, mas esse não era o assunto.

— Claro!

Respondeu meu amigo, e é por isso que eu ando sempre com alguém minimamente mais sociável que eu.

Agora vocês se preparem.

Sérião, se preparem que lá vem.

Ao invés de fazer a pergunta de cara ele resolveu começar contando uma história.

— É que sou estudante e meu trabalho de conclusão é um experimento social...

O tempo é uma coisa interessante. Apesar da pouca duração da frase, essa já foi suficiente para eu entrar num devaneio muito profundo. É que eu dei uma olhadinha pra baixo e vi que dentro das sandálias que o rapaz calçava descansava um pé

SENHORAS E SENHORES, QUE PÉ.

Que pé bonito, unhas impecáveis. Uma lisura! Sem a velha cicatriz de quem errou o cálculo na hora de meter uma bicuda numa bola de capotão e rasgou o dedão.

Sabem que o corpo da gente carrega AS MARCAS DA VIDA, né?

Eu consigo olhar pro pé de alguém que mora em São Paulo e já dizer em qual estação a pessoa faz baldeação. É um negócio doido. Tem todo um padrão de deformações causadas por pisadas na Sé. É um estudo muito matemático, viu. Mas aquele pé, não.

QUANDO EU TENHO CRISE DE ANSIEDADE PENSO NAQUELE PÉ E ME ACALMO.

Nunca vi uma coisa mais lisa e bem desenhada que aquele pé INCÓLUME à existência em São Paulo.

Daí ele:

— ... o meu projeto consiste em abordar pessoas em locais públicos e

INTERFERIR

... na conversa delas...

Um momento aqui.

A essa altura você já deve estar começando a entender o que seria esse EXPERIMENTO, né? Não? Prossigamos.

— ... então eu gostaria de pedir permissão para me sentar aqui e participar da conversa de vocês por uns quinze minutos. E depois, se gostarem da conversa, vocês podem me dar o valor que quiserem pra ajudar na minha pesquisa.

AH LÁ. AH LÁ. AH LÁ.

É isso aí que você leu. Como é o nome mesmo que se dá a esse experimento social muito antigo?

Ah, sim, se chama

DAR UM MIGUÉ.

Esse cara tá de parabéns. Olha, meter um louco assim na caruda, desse jeito, não é pra qualquer um. E digo mais, eu acho que ele realmente devia acreditar que estava fazendo alguma pesquisa e aquilo tinha a mais remota relevância. Ou seja, ele DEU-SE UM MIGUÉ, que é uma forma muito complexa de se enganar.

Vamos recapitular. O cara loiro, de pés que ousariam caminhar sob brasas e permaneceriam em estado de perfeição, julgando nossa porção, quer interromper uma produtiva conversa sobre como uma faca é mais eficiente a longo prazo que um fuzil em uma cidade infestada por zumbis, que dois caras cansados, explorados, com os pés moídos, duas integrações diárias de metrô, usando o segundo volume morto do cheque especial, pagando breja com VR, tinham numa das raríssimas oportunidades do mês para relaxar,

E SER PAGO POR ISSO?

Eu escrevo coisas e mostro pras pessoas, então isso por si só prova que eu tenho um ego enorme. Mas o quanto você tem que se sentir o Floco Especial de Neve pra achar que sua presença é tão superior que você merece ser recompensado por ceder seu tempo pra interferir na conversa das pessoas?

— Putz, mano. Não vai rolar, estamos no cartão.

— Beleza, então. Vocês podem me pagar alguma coisa e tal.

MALUCO.

Como é o nome daquela comédia que passava na Sessão da Tarde?

OS DEUSES DEVEM ESTAR LOUCOS.

— Cê quer um pedaço de frango? Pode pegar.

— Não, vocês teriam que me pagar mesmo. É porque não estou mendigando, é um experimento social e tal. Vocês entenderam como é que funciona?

"VOCÊS ENTENDERAM COMO É QUE FUNCIONA?"

SEUS BURROS INÚTEIS. EU TÔ AQUI TENTANDO EXPLICAR A PROFUNDIDADE DA MINHA PESQUISA E VOCÊS REGULANDO. VOCÊS DOIS COM ESSAS CARAS DE POBRES E QUE ARRUMARAM UM TRAMPO NO QUAL É OBRIGADO IR DE SOCIAL ENQUANTO TENHO ESSES

PÉS ATENIENSES. EU ACORDO DE MANHÃ PRA FAZER SAUDAÇÃO AO SOL E É ELE QUE ME SAÚDA SEUS FILHOS DE UMA...

— Não, mano. Não vai rolar porque a gente não quer.

Resolvi, num rompante de sinceridade que surge mais do cansaço que da honestidade.

Daí ele deu aquele sorrisinho, sabe? Sabe o sorrisinho? A arrogância? De quem quer te constranger diante da sua própria estupidez. Porque somos pobres coitados. Dois homens. Frango a passarinho. Camisa fora da calça. Rindo. Que rudimentar. Que século 19. Vou deixá-los à mercê da própria insignificância e irei levar minha luz e pés divinos à mesa ao lado.

E disse:

— Beleza.

Saiu e foi à mesa ao lado. Um grupo de amigos descontraídos, roupas leves, sentam em pose de meditação em qualquer lugar possível porque o sentar-comum é uma normatividade. Compraram a ideia do cara na primeira frase. Aliás, compraram já no visual desleixo-ateliê, precisava ele nem abrir a boca. PAGARAM ADIANTADO e quando o cara sentou com eles, comentou algo sobre nós, se viraram

TODOS

olharam pra nossa porção e deram uma risada.

Que pés eram aqueles, senhores?

— Bom, uma faca é mais que uma arma, ela é uma ferramenta portátil e silenciosa e...

O bolo do chefe

Há muitas histórias sobre como as pessoas podem parecer estúpidas pra agradar seus chefes.

A Estupidez Organizacional e Seus Prazeres. Volume 1.

Esta daqui é uma história que aconteceu numa empresa onde eu trabalhei. Alguns fatos foram exagerados para maior compreensão do absurdo. Para evitar a ansiedade desnecessária, aviso que é uma história sobre um bolo. Chama-se

"O bolo do chefe".

O chefe-que-se-senta-mais-longe estava aniversariando.

Isso significa: todo subordinado, ambicioso ou não, que tivesse ido longe o suficiente na firma para ter um e-mail corporativo, deveria aprender que,

quando falamos em meritocracia,

estamos falando de um sistema muito complexo de avaliação de desempenho que se passa por atividades como:

- Parabenizar o chefe-que-se-senta-mais-longe pelo aniversário com um e-mail personalizado, bexigas e uma frase motivacional, ou ainda uma foto da equipe do departamento segurando uma cartolina.

Todos com sorrisos de covinha onde jazem as esperanças cotidianas.

Isso também significa:

— Galerinhá, vamos fazer uma vaquinha pra comprar um bolo para o *******, tá beeem?

Na cadeia corporativa há um lema.

Em caso de atividade completamente inútil, esta deverá ser despachada ao RH.

Pois na vida há sempre um grampeador sem grampos e uma planilha de Excel nomeada de forma ininteligível a serem resolvidos ainda hoje.

E de vez em quando chefes fazem aniversário.

E lá vou eu na padaria mais próxima comprar um bolo desnecessariamente caro.

(... mais cedo naquela mesma empresa...)

— Galerinhá, alguém aí sabe se o ******* gosta de chocolate?

— Afe, óbvio que sim.

— Óbvio como? Não, porque assim, a gente PRECISA ter essa informação, tá beeem?

— Ano passado foi bolo do quê?

— Não lembro, peraí que vou ligar no RH.

A busca pelo irrelevante dado inserido na grande cadeia de eventos chamada TRABALHO duraria ainda alguns bons (muitos) minutos, até concluírem que chocolate é a escolha mais segura (e que as pastas de fotos de festa de outros anos estão desaparecidas em algum servidor, "Favor verificar com a TI, att.").

(De volta ao bolo na padaria)

— Moço, eu vou querer um bolo de chocolate. É pro meu chefe.

Voltando pra empresa descobre-se que a Confraria de Mentes Inovadoras do alto escalão organizacional decidiu por fazer "uma surpresa".

Oquei, então.

Vamos deixar o bolo na geladeira do andar do chefe-que-se-senta-mais-longe e alguém vai lá, chama ele pra cozinha pra ver alguma coisa, sei lá, inventa algo, fí, e quando ele entrar a gente canta parabéns pra você.

Uau, incrível como o cara que ganha dez vezes mais do que a gente ficará completamente emocionado com essas merdas de bexigas azuis e uma bosta de bolo de choco-

— Sem reclamar, vamo, vamo! E os subchefes despacham seus subordinados para essa operação digna do aparecimento da tocha olímpica carregada por Tadeu Schmidt.

Tudo armado. Bolo na geladeira. Chama o pessoal. "Psiu, para de cochichar!", "Quem tá cochichando é você", "VOCÊ QUER QUE ELE DESCUBRA?", "Calaboquinha aí, carai", "Shhhhhiu!".

Chega o embaixador da vergonha. O escolhido para inventar uma desculpa para atrair o chefe da sua sala para a cozinha. O que será que ele vai inventar para fazer o cara levantar a bunda da poltrona?

"Ô chefe! Tem uma carreirona de pó do bom que eu achei lá na cozin-"

"Shhhhhiu"

"Ele pode inventar que alguém deu vale-café prum cara da lim-pe-za usar na máquina."

"SHHHHIU"

O embaixador sai da cozinha em direção ao seu alvo.

Firmeza.

— Aproveita e apaga a luz.

— A LUZ, CARAIO, APAGA.

Alguém vai correndinho e apaga a luz.

Agora a surpresa vai ser foda. Tem até luz apagada. Genial.

Jesus.

Jesus.

A pessoa que foi apagar a luz

trava

na frente da geladeira.

Tremendo, suando e palpitando, pergunta:

— Ei, o bolo não era pra tá aqui?

— O bolo tá aí porra, o bolo tá aí, vem logo que cê vai estragar TUDO.

— Tá não. Tem bolo nenhum aqui.

Silêncio.

Ele abre a porta da geladeira e vagarosamente

MOVE OS BRAÇOS NO VAZIO COMO SE HOUVESSE UM MANTO DO INVISÍVEL COBRINDO O BOLO.

— Caraio. Meudeus. Meudeus.

As pessoas se aproximam. Um outro

CHECA ATRÁS DA GELADEIRA PRO CASO DE EXISTIR UM BURACO COLOCADO ALI ARDILOSAMENTE ANOS ANTES POR UMA MENTE CRIMINOSA QUE ROUBA BOLOS.

E foi daí pra mais.

É triste, né? Quando os alicerces da lógica e da razão são extirpados do homem comum.

Nem tudo na vida são grampeadores sem grampo e planilhas de Excel com nomes exóticos.

E agora?

Confusão. As soluções chegam:

— Vamos puxar as câmeras!!!

— Não vai dar tempo, quem é que tá zuano com a gente?

— Cara, isso é coisa de fantasma.

— Tava aqui agora esse cu, ele tá vino, ele tá vino.

Passos no corredor.

Alguém cochicha:

Vamos sair pela porta de lá, dar a volta e descer tudo pela escada

*Recuar, recuar. *Mayday*, *mayday**

Que nada, dá muito bem pra gente fazer surpresa sem bolo

Enquanto isso, muitos quilômetros acima da superfície da Terra, astronautas russos contemplam o brilho extasiante e entorpecente do planeta ao receber a luz pálida do Sol, sem saber que naquele mesmo instante um grupo de seres humanos desespera-se diante de um problema insolúvel.

— Como é que canta parabéns sem bolo, ô seus filhos de uma puta?

— Cantem essa porra aí e DEIXA QUE EU RESOLVO!

Vixeee. Quem falou isso é um subchefe. Aí sim. Agora vai. O subchefe falou, então. Vixe.

Chega o aniversariante com cara de quem ia encontrar um cara da lim-pe-za cheirando uma carreirona de pó do bom em cima da máquina de café.

— PARABÉEEENS PRA VOCÊÊÊ...

Covinhas, bexigas e desilusões se camuflam em cada nota.

O chefe se abraça.

VOCÊ JÁ VIU ESSA CENA?

De um chefe se abraçando enquanto é paparicado?

É um dos momentos mais anticlímax da vida de um ser humano. Tem que ser um chefe que se senta muito, muito, mas muito longe, para ter a excentricidade necessária para se abraçar durante o parabéns pra você.

— E PRO ******* O QUE É QUE É???

— É pique, hihihihihi.

— É pique, hihiihihi.

— É pique, é pique, é pique, hihiihi.

— É hora (todo mundo se olhando como quem diz "oooolha o que cês vão cantar, hein!").

— É hora, é hora, hora, hihihihi.

— Rá, tim, bum! ***! ***! ***!

Urrú, clap-clap-clap-clap.

Cada subchefe entrega um presentinho.

MENOS UM.

Isso mesmo, leitor.

Aquele lá.

Nosso herói.

— Vamo com ele! Vamo com ele!

Desceu dez lances de escada num pinote fazendo *parkour*, pirueta, sei lá mais o quê.

Ainda no "é pica, é pica, é pica" suprimido, já tava pulando a catraca da empresa que nem um louco profundamente apaixonado pela vida.

Na entrega dos presentes, já rumou feito o vento que quebra muralhas e destrói barreiras intransponíveis chegando na entrada da padaria.

Grita pigarreando nos pão tudo:

— EM NOME DEJEZUIS ME DÁ UM BOLO DE CHOCOCOCOLATE ME DÁ UM TROCO DIGO FICA COM O TROCO SAI DA FRENTEEE.

E corre honrando a academia quatro vezes por semana — seus arrombado, aqui é *bodybulding*, porraaa!

E vai subindo as escadas,

a dor se misturando com a fúria e o êxtase.

Essa é a história que vou contar pros netos, imagina ele. O dia que foi salvo pelo poder daquele condicionamento físico admirável.

Uma estátua de mármore na sua cidadezinha natal enfeitará a praça perto da igreja.

Ele representado com corpo de deus grego segurando contra o tórax um bolo.

Um bolo que significa muito mais que um bolo.

Um bolo que significa a vitória do homem contra as forças misteriosas da natureza.

A vitória dos subchefes de firma contra os ninjas que fazem buracos em geladeiras.

A vida, amigos. A vida de vez em quando é boa, mas eventualmente é só oxigenação exagerada no cérebro, causada por algum esforço físico súbito.

E ele chega na cozinha. Disfarça que tava correndo.

Sorri, quase vomitando a alma, mas sorri.

— Surpresa!

O chefe-que-se-senta-mais-longe, segurando presentinhos ainda embrulhados, alguns dos quais jamais serão desembrulhados, olha para o bolo,

passa um dedinho de poder, displicente, na cobertura.

E diz:

— Hmmm. Deve estar uma delícia. Mas não gosto muito de chocolate. Pode ficar pra vocês, tá bom?

:)

E sai.

Aquele momento.

Em que todo mundo te vê segurando uma bela parte da sua insignificância.

Aquele momento.

Mas, enfim, pelo menos era uma insignificância em forma de bolo de chocolate.

— Rá-rá-rá. Vamos comer bolo, então!

E naquela tarde, como em várias outras tardes, somente os subchefes comeram bolo de chocolate. Os demais voltaram para seus grampeadores.

O destino do primeiro bolo jamais foi revelado.

Achados e perdidos

Acho que tá na hora de aceitarmos uma coisa que é um pouco difícil de digerir, compreender e elaborar nas nossas mentes.

Sem querer ser pessimista, mas

vai melhorar, viu?

Muita gente fala que é necessário se preparar para o pior o tempo todo, daí um dia o melhor acontece e a gente fica

— Queeê?

E desperdiça a chance de aproveitar um pouco de vento favorável.

Como todos sabem, brasileiro é sofrência.

"Com sofreguidão mil venturas previ" e tal.

Impaciência mesmo, que o contrário de sofrimento não é prazer, inclusive, sofrer com prazer, prazer com sofrer, trabalhamos.

Em que outro lugar faria tanto sentido cartaz pra trazer o amor de volta em poucos dias?

E sofremos com calendário, com time rebaixado, com negócio que pediu sem cebola mas veio com, sofremos com programa de culinária, com segunda, terça, quarta, quinta e domingo.

Na negociação, a gente chama "tentar ganhar um desconto" de "chorar", o suco que vem um pouco a mais na padaria é o chorinho, que também é o nome de um gênero musical nosso.

Até nossa alegria tem jeitinho de choradeira, mas há certa beleza em estar num país onde se permite chorar de alegria.

E aí temos esses dias nossos, tomando porrada e voadora e cusparada e pegando Chikungunya. Umas PEC, uns amigo-oculto, Lojas Americanas lotada, os Datenabook nos atualizando de cada miséria, fora as crises existenciais, gastrointestinais, salariais, morais e sentimentais.

Ais e ais, nossa sofrência sempre tem razão em pedir o litrão de oito reais.

Só que entre um litrão e outro, vez em quando dá um bom.

Explicação não tem, mas é a coisa da Roda da Fortuna. Ciclos, passagens, uvas-passas. Hoje beija, amanhã não beija, depois de amanhã é domingo e segunda-feira ninguém sabe o que será.

Assim sendo, mais ou menos, e se der um bom?

Vai dar um *tilt*?

Cê trancou a casa e estocou comida, madeirou janelas, cimentou aqui, criou uma armadilha ali e, no dia combinado do apocalipse, bate até aquele sol raro não muito quente, perfeito. Faz como? Espera passar trancado que logo adiante o tempo ruim volta?

E quando a gente percebe, construiu uma vida toda baseada em apenas uma parte da experiência, que é estar por baixo.

Beija com medo do adeus. Ri prevendo o choro. Chega já indo embora. Sente falta do que ainda tem.

Moço, mais um litrão aqui.

Então perceba que "os terríveis anos que estamos vivendo" na verdade carregam uma tensão de antecipação. Quer dizer "estamos caminhando para terríveis anos".

Nós estamos é numa época instável e de transformação, a roda da fortuna girando, mas sossega, Carlos, calma com a peste bubônica e a Guerra Mundial, calma.

Tem um tipo de ansiedade em que a pessoa tem tanto medo de que algo ruim aconteça que resolve causar logo o evento porque as consequências desse algo ruim chegam a parecer melhores do que a antecipação.

Acha melhor lidar com a condição do que com o medo.

Vai ver é o medo da catástrofe que vai engatilhar a catástrofe.

Moço, outro litrão, faz favor.

Assim a gente olha só pro Trump mas não vê a aids quase sendo vencida. Impressoras 3D que estão prestes a salvar muitas vidas ao imprimir órgãos, imprimir órgãos, gente, imprimir órgãos. E aí você pergunta, o que de bom você viu este mês na vida?

— Ah, eu vi um arco-íris e tirei uma foto.

Não é questão de forçar ou não o otimismo e admitir as mudanças preocupantes que o mundo tem passado. Eu posso escrever notícias das últimas quarenta e oito horas dignas de um bom copo de cianureto, mas a real é que pessimismo custa caro, tão caro quanto o otimismo.

— Ai, mas todo mundo morre só.

Bacana, seu Xeroque Olmes do existencialismo, agora em qual parte isso importa na hora que o sorvete se espalha na língua com aquela cobertura de chocolate, qual parte da solidão precisa boicotar o seu encontro com alguém agradável, que acordo absurdo é esse que a gente fez com a nossa tragédia, de que ela deve ser intocável, inquestionável, quase idolatrada, como símbolo de uma lucidez ou racionalidade que a gente não sustenta?

Hoje você sente a inegável morte e amanhã conversa com plantas e cachorros.

Você não é racional porque aceitou sofrer, você só racionalizou o sofrimento, e nesse caso eu prefiro mesmo é a boa e velha sofrência, que não tem medo de si.

Desce a saidêra, moço.

Pois então. É isso. É difícil lidar quando acontece algo bom. Ainda mais porque no geral você não está esperando. Claro, todo mundo busca algo bom, tipo um amor. Aí encontra e a primeira coisa que faz é bolar uma estratégia pra não perder. É todo um formulário geral interno que a gente preenche para tentar não perder coisas.

O mundo é um grande departamento de achados e perdidos.

Você acha pessoas que os outros perderam. E guarda-chuvas. E moedinhas. E você também perde pessoas, objetos e centavos.

Roda da Fortuna. Tudo está no mundo.

Lá no fundão da última curva da vida, nesse percurso curto, longo, cheio, vazio, ninguém leva o que não encontrou.

— Tá bom rapaz, mas a gente já tá fechando o estabelecimento, tá bem?

— Tô só batendo um lero com meus camaradas aqui...

— Não. Em primeiro lugar, você tá tão bêbado que tá falando faz duas horas com um cartaz do Milionário e José Rico.

— E o que dizer sobre a vida...

— Lá vem.

— ... nessa looonga estrada da vidaaaa...

— Jesus.

— ... vou correndo e não posso paraaaaar...

— É cartão ou dinheiro, senhor?

— ... na esperança de ser campeããão...

— Como eu odeio essa época do ano.

— ... alcançando o primeiro lugaaar...

In memoriam, 2016 (2016-2016)

Cretino

Tempo.

Esse cretino.

A palavra cretino vem do francês *crétin*, originária dos Alpes Suíços como *crestin*, derivada do latim *christianus*, que significa "cristão".

"Cristão", que teve diversos usos ao longo da história, inclusive para chamar alguém respeitosamente de pobre coitado.

Coitado.

Surgida de um antigo verbo, "coitar".

Que significa infligir sofrimento, ou desgraçar alguém — no caso, o coitado

é aquele que é atormentado pela dor ou sofrimento.

Atormentado,

aquele que sofre o tormento.

Tormento,

do latim *tormentum*, uma máquina de guerra ou de tortura, relacionada ao tempo pela destruição causada em plantações por tempestades.

Tempestade,

do latim *tempestas*, que significava o intervalo entre dois momentos, originada do termo *tempus*,

que significa

Tempo.

Esse cretino.

São Paulo, 1996.

Por algum motivo as crianças têm aquela idade em que se tornam francamente suicidas.

Assim, se você esquecer cinco garrafas ao alcance, quatro com suco de framboesa e uma com produto de limpeza, adivinha qual elas vão escolher para entornar no gargalo?

A criança está sempre pronta pra escolher a mais mortal e danosa opção entre todas.

E aos onze anos eu estava numa rua que começava a receber um sistema de saneamento. Portanto: concreto e lama. Escavadeiras e tratores.

No começo da rua tinha um buraco e lá embaixo uma passagem para um cano, que seguia até o fim da rua, onde tinha outro buraco aberto de saída.

Então, com todas as opções de brincadeiras naquelas tardes de férias: jogar bola, pipa, gude, figurinha, qual foi a que todas as crianças resolveram fazer?

Isso mesmo.

Entrar naquele buraco,

rastejar vários metros,

e sair do outro lado.

Eba. Porque se é perigoso e totalmente sem sentido, lá vamos nós.

E lá fui eu.

Sabe quando dizem que inteligência é importante?

É verdade.

Inteligência é importante, mas autoestima é fundamental.

Não adianta nada você, por exemplo,

SABER

que entrar num buraco estreito prestes a desmoronar do nada e te matar esmagado ou sufocado é uma má ideia, se você não tem autoestima o suficiente para resistir à pressão dos coleguinhas que te chamam de cagão.

— OOORRA, VAI ARREGÁ SEU CAGÃO?!

Até parece. Eu já tinha onze anos. ONZE ANOS. Sujeito homem. A mesma idade de Doug Funnie. Pesado quando você já tem a mesma idade dos seus ídolos. Daí você não pode ser o cagão.

— BELEZA, MAS VOCÊS TÊM UMA LANTERNA?

Doug jamais pediria uma lanterna. Ou talvez sim. Mas certamente o Capitão Codorna, não.

Pedir lanterna fez risos emergirem. Mas pelo menos arranjei um isqueiro.

Ou seja, o risco de morte aumentou consideravelmente, se pensarmos bem.

E lá vou eu. O otário do ano, três vezes consecutivas. Pronto para o tetra.

Ricardo, desculpa, mas pelamordedeus, cadê os adultos pra impedirem essa molecada de ser tosca assim?

Os adultos tavam operando tratores no fim da rua. Ou assistindo à TV. Ou trabalhando. Minha mãe tava em casa achando que eu tava jogando bola. Imagina alguém chegar pra ela depois e dizer que eu fui parar mais de três metros dentro da terra. Se conheço bem minha mãe, ela ia perguntar que futebol doido é esse que a gente inventou.

Logo de cara, eu escorreguei e me ralei até o fim do buraco. Mais gargalhadas. Eu já tava com lama entrando no rego e tudo bem, porque a entrada do buraco era um monte de barro, com uma circunferência em volta, que você cavava pra entrar.

Cavava.

Nem dava pra desistir mais, porque sem chance de escalar para fora daquele poço de barro mole.

Então eu cavei, abri passagem para um cano muito, mas muito estreito.

Eu era magro. Magrelo. Apelidos. Pensa naquele moleque magro da escola. 2D. Mapa do Chile. Bullying. Só o bigode do Maguila. Só a capa do *Spawn*. Eu. E pra mim o buraco era estreito. Só dava para rastejar igual o cabaço que eu tão euforicamente implorava pra ser.

Ok, entremos juntos no Túnel dos Cretinos em 1996. Entra cabeça, entra tronco, quadril, pernas e uhum. Só com os cotovelos você consegue ir se arrastando. Uhum. É, não é tão mal. Agora vou pegar meu isqueiro.

Um minutinho, que agora sim vou pegar meu isqueiro.

Pera só mais um pouco, vou pegar meu isqueiro.

Já estou pegando.

Meu isqueiro. Meu, meu, meu...

Isqueiro. Hm. Cadê?

Jesus, cadê?

...

Ele ficou lá fora. Na lama. Quando eu escorreguei.

Vou voltar.

O buraco fechou atrás de mim. Não dá.

O.k.

Vou morrer. Sou um otário e entrei no meio da terra porque achei que isso me traria aceitação social. E é isso. Vou morrer.

Imagine que você está encolhido. No escuro. Nada faz sentido. Você mal consegue se mover. Tem um longo caminho em direção ao que pode ser qualquer coisa, mas parece ser algo ruim. Aí você começa a chorar.

PERAÍ, EU JÁ FIZ ISSO ANTES.

Claro, onze anos atrás, quando eu nasci.

Então eu comecei a só ir me empurrando com o cotovelo para frente. Lentamente.

Algumas vezes eu tinha a certeza de que eu já tinha morrido. Outras eu me reanimava.

E então eu senti que eu estava numa espécie de bifurcação.

Eu poderia seguir reto ou virar naquele buraco um pouco mais peque-

RATAZANA!

Uma coisa que só pode ser uma ratazana passou na frente da minha cara e entrou no túnel adjacente. Eu vi a sombra. Porque no escuro seus olhos vão se acostumando e criando silhuetas. E eu vi aquela coisa. Dois dedos da minha cara. Sumiu.

Acrescente a isso um ruído incessante que vinha de escavadeiras lá do outro lado e pareciam formar algo como a trilha sonora do *Silent Hill* 1 ou 2.

Uma coisa era certa. Eu tinha que ir reto. E tinha que ir logo.

Botei os cotovelos pra funcionar mais rápido.

Então vi um ponto de luz.

Vou te contar. Ilusão de ótica é um negócio maravilhoso.

Como o cano era retão e não tinha fonte de luz, do meu ponto de vista era como olhar um portal surgindo de uma estrela no meio do universo.

Aquilo era lindo.

Foi lindo por uns dois minutos.

Porque a partir daí já dava para ver a forma arredondada minúscula ainda do final do túnel.

E a primeira imagem que eu vi foi dos meus amigos dando aquele sorriso banguela zombeteiro, me aguardando no fim do buraco.

Quando das contrações da minha vergonha e estúpida vontade de viver, eu fui em direção ao meu re-parto, com ares de Lázaro e aspecto de Golem.

Quando me pari das entranhas do esgoto e saí por aquele cano, (É Tetra!), a primeira coisa que ouvi foi:

— E o meu isqueiro? Cê num perdeu meu isqueiro, né?

Tem alguns momentos em que eu tô feliz demais e acho que morri em 1996, e tipo todo este universo é uma espécie de experiência pós-vida holográfica, de roteiro clichê e orçamento reduzido.

Mas também tem muitas vezes que me sinto de volta naquele lugar escuro e solitário sem saber aonde foi parar meu isqueiro. Daí eu penso: "já passei por isso antes", e volto a me rastejar pra fora.

E tem aquele ditado.

Se você é estúpido o suficiente para entrar num buraco,

é estúpido o suficiente para sair dele.

Nem que seja para ser recebido com o debochado sorriso banguela da vida.

Eco

Não tenho rua de afeto.

Me lembro bem talvez de umas sete das mais de quinze casas onde vivi. O resto é um Frankenstein de memórias.

Minha casa de afeto é um cortiço feito de cortes diferentes do tempo.

Alguns pisos vermelhos, outros de madeira. Algumas lâmpadas com ornamentos.

Algumas janelas inteiras, outras quebradas, algumas casas sem janela.

Pensão, dois cômodos, três cômodos, quatro.

Quintalzão, quintalzinho, sem quintal.

Dividindo quintal, separado, água e luz independentes sempre, era requisito.

Com barata, sem barata, lagartixa e aranha. Aranha da perna fininha, aranha marrom. Mudança de caminhão-baú, mudança de caminhão-jacaré. Mudança na mão de pouco em pouco pro fim da mesma rua. Sempre aos domingos de manhã, era requisito.

Com pintura, sem pintura, rebocada, sem reboco.

Com goteiras, muitas goteiras, poucas goteiras.

Banheiro sem boxe, com boxe, com saboneteira, com prego na parede, com espelhinho, com armário, sem tampa de privada, sem chuveiro.

Na ladeira, na esquina, nos fundos, em cima, embaixo, no subsolo. Sobreloja nunca, era requisito.

Portão de grade, de metal fechado, de madeira com corrente, de madeira sem corrente. Com sete moradores, com oito, com seis, com cinco, com quatro, com três.

Muitas vezes demorava pra encontrar meu canto favorito da casa, mas sempre descobria. Do lado do tanque, na cama, na parte de cima do beliche, do lado do sofá, do lado da comigo-ninguém-pode, do lado da caixa de registro.

Sempre que ia me mudar, com a casa já vazia, eu ficava no meu canto preferido, lembrando e me despedindo em silêncio.

E percebia que aquele canto virava eco.

O eco mostrava que um lugar sem nada dentro são só paredes que escondem o lado de fora.

Vinte e sete peixes

Essa noite não consegui dormir lembrando do dia em que matei o Cleiton.

Tinha uma chácara na vila do lado. Época de férias, diziam ter ali um cuidador que dava tiro de chumbinho se pegasse um invasor.

Eu entrei no lugar já com o objetivo definido, ir ao riacho. Queria é ver os sapos, mas como toda criança desatinada, acabei voltando pra casa com vinte e sete peixinhos.

Sim, aos nove anos eu já era meio estúpido.

Minha mãe só olhou pra mim e, sabe, deu aquele suspiro que as mães dão pro filho caçula. Suspiro já passei por isso com seus três irmãos. Suspiro chegamos na idade em que ele vai começar a trazer bichos e coisas da rua.

Não falou nada além de: você vai comprar um aquário e comida pra peixe?

Olha, claro que eu sabia que eles não deveriam viver dentro de uma sacola de supermercado e já tinha pensado em todos esses detalhes.

Enchi um balde de água e despejei os novos inquilinos ali.

Não sabia exatamente o que seria “comida de peixe”, mas tive um palpite. Migalhas de pão.

Se ratos, baratas e pombas comem.

Perfeito. Vinte e sete peixinhos sobrevivendo num ecossistema perfeitamente sustentável: um balde com uma fina camada de migalhas de pão em cima.

Minha mãe olhou pro balde, olhou pra mim, pro balde e pra mim de novo. E começou a lavar a louça.

Nem tinha chegado nas panelas quando o primeiro peixe pulou pra fora.

E ficou lá estrebuchando.

Entrei em pânico imediatamente. Queria salvar o peixe burro que caiu fora da água, mas tinha agonia de pegar nas mãos, então saí correndo. Mãe, o que eu faço? Bota ele de volta na água, ué.

Ué.

Eu voltei pra perto enquanto ele dava os últimos espasmos. Fechei o olho, esperei terminar e o varri.

O.k. Ainda temos vinte e seis peixes que não são tão burros.

O.k. Outros dois peixes acabam de pular pra fora do balde. Peixes são idiotas, mãe?

Ué.

E assim, outro e mais outro. E corro. Alguns só emborcavam de ponta-cabeça. Outros pulavam até cair no chão de casa. Eu fechava os olhos e depois varria.

Ué.

Calma Ricardo, você já tem nove anos. Pensa. Pensa. Sim, claro! É o balde.

Ufa, ainda bem que sou inteligente.

Peguei um outro balde vazio. Minha mãe olhou pra mim, pro balde vazio, pra mim e pro balde vazio de novo. E começou a enxugar a louça.

Minha mãe, além de mãe, é mineira, o que significa que de vez em quando a forma como ela ensina as coisas pode ser confundida com frieza ou maldade.

Na troca de balde eu perco mais três peixes.

Fiquem aí, peixes idiotas. Fiquem aí. Fiquem, por favor.

Estou pedindo, parem. Tem pão, tem, tem... pão. Parem.

Eles não pararam.

Não mereciam isso. Não mereciam estar ribeirando à toa e ir parar num balde sem comida e oxigênio.

Tão logo eu jogava no lixo o penúltimo e voltava para contemplar no balde 2 o solitário peixe restante.

Já tinha me dado por vencido. Em alguns instantes ele iria morrer.

Provavelmente já experimentando a culpa de um *serial killer* acidental, eu decidi que aquele último teria um nome.

E seria Cleiton.

Não havia nenhum motivo pra esse nome. É Cleiton porque olhei pra ele e me pareceu que deveria ser chamado assim. Estava muito aflito, não tinha tempo de ponderar a respeito.

Aos nove anos eu já era estúpido e disse baixinho: "eu te amo, Cleiton".

Ele pulou fora do balde como quem diz:

— Tarde demais, s e u b a b a c a.

E se estrebuchou. Dessa vez eu assisti. Se estrebuchou e aquietou.

Varri.

Mas essa experiência ficou na minha cabeça por anos e comecei a gerar umas interpretações sobre o ocorrido.

Primeiro pensei:

Já pensou se deus na verdade é meio que um menino de nove anos, e nós somos uns peixes que ele botou nesse balde chamado universo sem termos a menor possibilidade de sobrevivência, e as estrelas e tudo o mais são migalhas de pão que a gente não come, e a mãe mineira de deus olha pra ele resignada como quem vai logo avisando que não vai arrumar a bagunça?

Daí na adolescência eu pensei:

É uma metáfora sobre a liberdade e sobre a gente pegar essas coisas livres e honestas da vida, que estão bem lá no riacho delas, e tentar obrigá-las a sobreviver num balde, nosso balde, e demora muito tempo pra entendermos que não se salva os peixes trocando o recipiente?

E por último foi o pensamento mais esquisito:

Naquela época mesmo eu soube sobre a memória de curta duração dos peixinhos e aí ficava imaginando como para eles a vida tem várias versões. É como nascer de novo em lugares aleatórios todo o tempo. Daí me arrepiou pensar na última versão da memória do Cleiton.

Talvez ele tenha acordado já fora do balde, se estrebuchando. Provavelmente achando a vida demasiadamente desconfortável e cruel. Ou também, mesmo sem saber o que é, parecia ter alguma coisa muito importante dentro daquele balde que ele gostaria de experimentar.

A pior parte é nem sequer ser o balde, é ser o riacho, uma coisa da qual não se lembra mais.

E se o nosso corpo tem saudade de coisas que a nossa mente já esqueceu?

Foi depois disso que desisti de dormir.

Piu Feijão Caga Grosso

"PIU FEIJÃO CAGA GROSSO"

foi a primeira frase que eu li em uma lousa da EMEF

Antônia e Artur Begbie.

Mas estou me antecipando.

Entre 1986 e 1993 existiu um programa de educação básica em São Paulo de nome

Programa de Formação Integral da Criança (Profic).

Considerado, na época, ideológico, autoritário, megalomaníaco e assistencialista,

foi uma iniciativa polêmica do começo até o fim.

Em sua instauração, declarava que a escola deveria se reestruturar

não só como entidade instrutora, mas como entidade de proteção.

Imagine se, nos dias de hoje, alguém chegasse e lançasse um programa de educação integral unificado, que atenderia crianças de zero a catorze anos, basicamente na base da canetada, sem o apoio da rede estadual de ensino. Esse foi o tamanho da treta. Junte isso ao processo de redemocratização e a uma taxa de analfabetismo de um em cada cinco

pessoas acima de quinze anos.

Treta.

Eu só sei que eu fiz o Profic e ficava lá. Fazia massinha, brincava com árvore, tomava café e almoçava, descobria que

na Jarra há cajuada. Cajuada é de caju.

O macaco é o Mico.

Ele comeu a comida do gato.

O gato mia: miau-miau,

entre outras coisas.

Resultado:

cheguei na Antônia e Artur Begbie já sabendo ler e escrever. Tanto que meu primeiro poema foi aos cinco anos para um pintinho que matei. :(

Sem querer, tá? Não sou um Norman Bates ou coisa parecida.

Cheguei, portanto, na Antônia e Artur Begbie já com a capacidade de ler

"PIU FEIJÃO CAGA GROSSO",

mas estou me antecipando.

Quando me formei na pré-escola a gente fez uma apresentação.

Eu ganhei camiseta listrada nova e um relógio de plástico.

Não tinha ponteiros de verdade, só o desenho de ponteiros. Sabe por quê?

Porque o tempo é uma ilusão. Uma ilusão a que a gente vai se submeter pelo resto da vida.

Por que uma criança precisa de um relógio com ponteiros?

Na apresentação eu deveria entrar segurando uma nuvem de cartolina e quando o Toquinho cantasse:

"Entre as nuvens

Vem surgindo um lindo avião...",

eu seria uma das nuvens.

Cumpri meu objetivo com louvor, entrando no palco segurando a nuvem com a mão do relógio de plástico sem ponteiros.

O coração robusto batendo no peito ao ver a família orgulhosa.

Alguns meses depois eu estava na frente da lousa onde se lia

PIU FEIJÃO CAGA GROSSO.

Acostumado com o joguete de palavras da cartilha *Caminho suave*, eu procurava a ligação na frase.

Ivo viu a uva. Piu Feijão Caga Grosso.

Didi viu o sapo no sítio. Piu Feijão Caga Grosso.

Tem tantas questões aí.

Quem ou o que é um Piu Feijão?

O que temos de métrica para o ato de cagar grosso?

Qual o cálculo de massa que determina a partir de qual ponto o cocô extrapola a medida média e passa a ser categorizado como grosso?

Eu terminei aquela aula de cara na parede. Uma punição dada pela professora que acreditou nos demais alunos que disseram que eu tinha rabiscado a frase na lousa.

Logo eu, que na vida só tinha matado um pintinho sem querer. E ainda fiz um réquiem para o coitado.

Quantas lições em um só dia.

Piu Feijão Caga Grosso e eu beijo paredes.

Mas eu não tenho nada do que reclamar da Begbie. Fui feliz lá.

Me apaixonei pela Fernandinha. Apanhei na saída da escola.

Apanhei da Fernandinha na saída da escola.

Um belo dia uma professora achava que eu estava de malcriação por ter pedido para ir ao banheiro em hora de prova.

Acabou que eu caguei, não sei se grosso, ali mesmo.

A imagem de uma criança cagando no uniforme da escola é todo punk rock que você precisa na vida.

Então eu percebi que Piu Feijão deve ter sido outro menino antes de mim que resolveu rechear os shorts da escola com uma densa crítica ao sistema.

Porque o tempo é uma ilusão, a que a gente cresce e se submete pelo resto da vida.

Mas Piu Feijão Caga Grosso. Discorra.

Piu Feijão Caga Grosso. Durma com esse barulho.

Mau agouro

Contra o concreto amarelado, as asas pretas pareciam um maldito buraco que rejeitava toda a luz da manhã.

O pão e o café já estavam servidos. As visitas bisbilhotavam. Sobre conversas repetitivas que reclamavam da saúde e outras preocupações.

Não vimos como ou quando aquilo entrou na casa. Como ocorre nesses casos, em algum momento percebe-se que a mariposa já está lá.

Mau agouro. Preta e indesejável.

As pessoas cochicharam em incômodo, como se a coisa tivesse entendimento da palavra humana.

Imóvel, um pouco abaixo da telha, sua presença propôs um desafio.

Matar ou expulsar, deixar ali era impensável. Quem dormiria em paz com aquela coisa aterrorizante na parede?

Mau agouro. Preta e imprevisível.

Não morde. Não pica. Não envenena. Mas perturba. É necessário que alguém faça algo.

Logo um chinelo gira no ar e erra o alvo. Nada acontece, nem um susto. A apreensão continua.

Outro chinelo no ar. E outro. Um jornal desfolha em pleno voo inútil. Uma bola rebate e acerta o vaso, que quebra. Era barato, mas reforçou a ladainha sobre a iminência de tragédias.

Mau agouro. Preta e intocável.

Quando o nervosismo parecia em tempo de se tornar ridículo, estremeceu a casa diante da correria no instante em que aquela sombra, dona de si, vagou livre próxima ao teto.

Acuados no quintal, residentes e visitantes negociaram a perda do orgulho encenando humor. Marmanjos, mães e crianças agitadas se aborreceram ao notar que o tempo ia embora e nada passava pela janela.

Em busca do enfrentamento, foi definida a excursão de retorno. Teve quem entrou de olhos fechados, teve quem se armou com uma vassoura.

Mau agouro. Preta e inalcançável.

Reviradas cortinas e calendários, verificadas paredes e teto, cantos e rachaduras observados, ninguém achava mais.

Sumiu assim como veio. Sem aviso ou explicação.

E como é de costume nos domingos, voltaram a bisbilhotar e cuspir borboletas ressacadas.

Carnes

A carne da minha carne era trazida de Tumbeiro.

O transporte da carne vinha com moscas, seguida por tubarões do mar e guiada por tubarões da terra.

Era permitido vinagre para a limpeza.

As carnes menores ficavam por cima. As que estragavam eram jogadas fora, diminuindo o peso da carga.

A tumba partia de um cemitério para o outro, viajando muitos dias sob a morte salgada.

De cada dez quilos de carne, quatro ou cinco chegavam aos tubarões de negócios. Esses, que tinham os dentes mais afiados, rasgavam até as peças mais duras.

Pra espanto geral, certas carnes ainda se debatiam em convulsão, como que em desentendimento com a morte.

Passados não mais que alguns séculos, o transporte deixou de se tornar lucrativo, visto que as carnes ficavam cada vez mais duras e convulsionavam cada vez com mais violência, como se reagissem a tambores de guerra.

Hoje essa que transporto dentro de uma pele nobre ainda espanta moscas e tubarões.

Futuros

Neste momento, vários futuros possíveis te disputam. Vários futuros disputam a humanidade. Vários próximos anos. Vários próximos dias. Vários próximos minutos. Tem um minuto logo ali que quer te matar embaixo das rodas de um Honda Civic. Ele está numa treta agora com o minuto que quer existir nesse mesmo tempo pra te fazer receber um presente. Outros minutos pulam em cima querendo acabar com uma amizade, te arrumar um novo emprego, te dar uma nova cicatriz no joelho, te fazer achar cinco reais no chão do ônibus, perder um olho, ter uma ideia que vai mudar sua vida. Só um deles sobreviverá dentro dessa realidade. É difícil medir isso, essa unidade,

a existência de um instante.

Este instante em que você me lê não significa só a vitória deste momento, mas também o fracasso de todos os outros momentos que eram possíveis neste segundo aqui — e que acabou de passar.

Por isso é uma honra ter existido aqui, nessa micropoeira de tempo na sua vida. E é óbvio que você nunca mais vai se lembrar disso. Mas o esquecimento é importante também para liberarmos essa carga, esse peso, que é ser alguém que nunca mais poderá ser recuperado.

Todo mundo é irrecuperável.

Se pensou em seus amigos, família e gente importante pra você, sim. Mas entenda que você também é irrecuperável pra elas e pra qualquer pessoa no mundo. Tem quanta gente que já te viu pela última vez na vida?

Ex-colega de trabalho, ex-amigo de adolescência, ou simplesmente as centenas de pessoas que a gente vê por aí direto.

Ou um vizinho, ou um primo, ou alguém que mora dentro da sua casa.

Gelou, né?

Pois é. A gente vive pelas coisas e pelos instantes sempre preocupados com os futuros que não se formaram,

e pior ainda,

projetando eles no passado, na fragilidade de uma lembrança.

Exceto aquelas vezes, poucas vezes, se é que teve mesmo, mas vamos dizer que sim, vezes em que a gente, realmente,

existiu no instante e construiu algo que irá além da lembrança ou da memória.

Construiu uma experiência. Que é tão forte que não há o velório pelos futuros não concretizados, porque você se sente dentro do melhor dos futuros.

Então é isso. Eu tô pensando que vai ver que é quando a gente entra nessa disputa que os melhores instantes ganham força para existir.

Ou só estou feliz porque achei cinco reais no chão.

Que fase.

Mojica

Eu nem queria um cachorro pra começo de conversa, e claramente aquele bicho não era um filhote de basset, era mais um cruzamento entre um labrador e diabo-da-tasmânia.

Pois na hora que botei o olho naquela coisa medrosa, cheia da tremedeira, sendo carregado pelo ajudante do sítio em direção ao carro, eu me identifiquei totalmente. Aquilo era uma parte de mim fora de mim. Aquilo iria durar para sempre.

E seu nome seria Mojica.

— Mujica, igual ao ex-presidente do Uruguai?

— Mojica, igual ao Zé do Caixão.

Depois de duas vomitadas e muitos peidos realmente impactantes no carro de uma amiga que faz tempo que não vejo, Mojica entrou no apartamento numa mistura de corrida, salto e alegria. Ele cheirava e balançava o rabinho como se tudo fosse inacreditável. Um salto quântico de qualidade de vida. De ficar num cercadinho sofrendo bullying de cães maiores, ele ganhou seu próprio sofá e...

— Mojica! Sofá, não.

Você pode se achar um belo exemplar de racionalidade até adotar um cãozinho e começar a conversar com ele.

— Mojica! Cozinha, não! Mojica, banheiro! Mojica!

Como todo inexperiente em vida adulta, dei toda atenção aos procedimentos recomendados por artigos da internet e comprei itens como fralda que supostamente emanaria um cheiro que faria o cão fazer suas bostinhas sem odor e com densidade de uma uva naquele exato lugar neutro ao lado da privada sem incomodar ninguém.

Claro que ele cagou a casa toda. Claro que fedia ao próprio enxofre do inferno. E melhor nem comentar a textura.

E claro que os brinquedos de morder não tinham a mesma graça que papel higiênico, fones de ouvido e qualquer coisa cara ou que se espalhasse em mil pedaços.

Mojica odiava particularmente um osso de plástico que eu jogava pra ele. O que no começo parecia ser uma aceitação à brincadeira, tornou-se uma clara e agressiva crítica canina contra a artificialidade das relações. Ele ficava puto quando eu jogava a droga do osso, mas tinha uma girafa que fazia um som de buzina pela qual ele mantinha algo parecido com apego.

Com menos de uma semana eu já tinha aceitado que sofá não era negociável. Era do cachorro.

Quando Mojica se sentia sozinho, subia no sofá acreditando que tinha algum tipo de propriedade mágica que fazia pessoas reaparecerem.

Mal sabe Mojica como eu queria um sofá desses que funcionasse de verdade.

Então o veterinário disse basicamente assim: que nos enrolaram, que o bicho não estava vermifugado, que ele não era apropriado para apartamento pois iria ficar gigante. Um labrador hiperativo medroso, quem nunca?

Um dia fui punir Mojica com jato de água e ele adorou. Manda mais, ele abanou.

Labrador mesmo, tem nem o que dizer.

Criou-se o impasse. Foi um ato de irresponsabilidade. A carência leva a gente a fazer essas coisas. Tem vezes que uma irresponsabilidade leva a outra e a outra e a uma vida toda nesse ciclo insustentável.

O impasse era: não estava preparado para ter uma alegria daquelas crescendo mais que meu próprio egoísmo.

Vamos sair pra passear, vai que o Mojica se acalma.

Mojica era folgado e arregão. Mexia com os cães maiores e, quando estes atendiam o chamado, ele se enfiava no meio das minhas pernas e pedia colo. Se ganhasse colo, lá do alto, da distância segura, ele continuava provocando o cão maior.

Não tinha como não amar.

E eu o amei muito. Fiz jingles, Mojica meu Amicão.

E o que iria durar para sempre durou três semanas.

Mojica precisava de atenção constante e eu vivia fora de casa.

Avaliei as possibilidades e metade coragem, metade vergonha, combinou-se de Mojica ir para uma família nova. E tinha que ser agora porque senão o apego seria maior.

Sexta-feira. Passeio no parque. Brincadeiras liberadas. Sofá e banheiro. Que alegria.

Sábado. O bicho pressentiu alguma coisa. Ficou de charme. Deitou no meio da gente enquanto chorávamos.

Domingo. Chamo pro passeio. Ele está empolgado, vai passear com a melhor família. Tem um carro lá fora. Ele entra no carro. Tudo bem. Eu não entro. Ele percebe que não vamos. Percebe que está indo embora e chora. Algo como se implorasse. Algo como se dissesse que de hoje em diante tudo vai ficar bem, mas ele não precisa ir. Eu fui entender Mojica mais tarde, assim como a vida.

A vida não roda macia.

O motivo pelo qual meu cachorro odiava o osso de mentira.

Uma semana depois eu recebo fotos de Mojica que provavelmente deve ter agora um nome bobo qualquer tipo Bob.

Foto 1: Tem um amicão ao lado dele tendo sua ração literalmente roubada pelo Mojica.

Foto 2: Uma criança segura Mojica abaixo de um sorriso largo e incompleto.

Foto 3: Mojica correndo num quintalzão.

Foto 4: Mojica num sofá de perna pra cima, cheio de gente em volta.

Acho que fizemos a coisa certa no fim das contas.

Ironicamente, pouco tempo depois eu passei a trabalhar em casa, onde fico o dia inteiro odiando ossos de mentira.

Ironicamente, em tempos-mojica eu estou no sábado, e já sei que irei embora.

Ironicamente, em breve vou sair como se fosse passear e não voltarei.

Talvez em busca desse misterioso sofá mágico que faz as pessoas reaparecerem, me chamando para brincar no quintal.

Urso de maionese

O Urso de Maionese do filho rolou pra debaixo da pia, deixando o pai aflito.

Não precisamos de suspense desnecessário nesta história, então:

— A História Sobre do Que Se Trata O Urso de Maionese Introduzido Duas Linhas Acima —

Há três anos o pai teve um pensamento antes de se levantar. Foda-se, era o pensamento. Pensou "foda-se", enquanto o despertador anunciava a hora de levantar. Não levantou de pronto. Chegou atrasado. Em vez de fingir uma culpa ou lamentação por seu ato, como pede o protocolo, o pai — sabe-se lá por que tanta rebeldia — deu de ombros. Não pegou bem. Começou uma perseguição ao trabalho do pai. A perseguição culminou num pedido de demissão. Por estar desempregado, o pai foi à rua Barão de Itapetininga. Por estar na rua Barão de Itapetininga, entrou numa agência de empregos. Por estar numa agência de empregos, conheceu Luana, assistente de RH. Por conhecer Luana, assistente de RH, interessou-se por ela. Por interessar-se por ela, resolveu puxar conversa. Papo vai, papo vem, telefones trocados. Telefones trocados, mais papo vai, mais papo vem. E o pai descobre que Luana gosta de comer salada de maionese. Sendo assim, o pai pesquisou na internet a receita e descobriu que precisaria comprar maionese. Comprou maionese e etc. No dia seguinte, levou uma marmitinha especial para Luana em seu serviço. A partir de agora, abandonaremos qual desfecho teve a história do pai com Luana. Um frasco de maionese foi jogado no lixo. Vamos retroceder três dias. Na escolinha do filho, a professora mostrou na cartolina dez animais e pediu para cada aluno escolher o que mais gostava. O filho gostou mais do urso, por causa do nariz, é claro. O nariz do urso era realmente simpático. Depois dessa deliberação criativa, a professora entregou alguns papéis e cola aos alunos e os ensinou noções básicas de artesanato. O filho saiu da escolinha naquele dia com uma cabeça de urso de nariz simpático e dois braços e duas pernas de urso. De papel, que fique claro. A ideia era encontrar algum corpo divertido para o urso de nariz simpático. Nesse momento você já deduziu o que ocorreu, mas, em todo caso, é seguro optar pela didática. O filho procura pela casa um corpo adequado para colar as partes de urso e, após a busca, encontra na lata de lixo o vidro de maionese usado. Assim que bateu o olho no objeto, percebeu que não existia nada em formato mais perfeito para servir de corpo para seu urso de nariz simpático, cujo nome agora seria Urso de Maionese. Isso prova que o filho também acha que a didática é segura, pois ele bem poderia ter chamado o urso de Juarez ou Lulu. Se você estiver atento aos detalhes, percebeu que isso só aconteceu porque o pai deixou o lixo acumular por mais de dois dias, o que é um tremendo desleixo. O desleixo não foi introduzido aqui por mero acaso. Uma vez que o pai, agora sabemos, era desleixado com a rotina do lixo, certos insetos pequenos se aproveitavam dessa situação para rondar a casa. No caso, uma baita baratona foi percebida embaixo na pia. O pai, mesmo tendo visto, não eliminou o inseto porque tinha fobia.

Então, num determinado momento, como disse antes, o filho, ao brincar, deixa escapar o Urso de Maionese, que rola para debaixo da pia. Ao tentar pegar o seu amigo, o filho vê a barata e se afasta pois também tem fobia. Assim sendo, ele implora ao pai a ajuda para eliminar o inseto e recuperar seu Urso de Maionese. Veja que chegamos nesse impasse delicado em que o pai precisa não decepcionar o filho, mas ao mesmo tempo é uma baita baratona, convenhamos. Ver um pai deixando o seu Urso de Maionese perecer no escuro embaixo da pia porque ele tem medo de baratas pode ser uma experiência bem traumatizante para um filho. Por sorte, Luana já havia acordado e pôde resolver a situação.

Abacate

Um homem com a camisa social azul molhada de suor está parado no meio da feira de domingo. Esqueci seu nome, tá no cartão. Esqueci onde pus o cartão. Assim sendo será Jonas, enquanto não me recordo. Jonas tem uma pasta mais ou menos da mesma idade que seus sapatos. A pasta guarda papéis que Jonas me entrega sobre um grande empreendimento imobiliário local. Apesar de tentar manter a elegância como forma de credibilidade, as mangas da camisa dele estão dobradas e os botões abertos até o peito. O preço do pé de alface baixou, anuncia um feirante, a laranja está docinha, rebate outro. Entre a melhor mandioca do Brasil e o verdadeiro tempero baiano, Jonas fala baixo. Me sinto um pouco comovido pensando, afinal de contas, o que faz um corretor de imóveis vir parar na feira de domingo. Ninguém sai de casa pensando se vai sobrar dinheiro pro morango e volta com uma quitinete de trinta metros quadrados no Arouche. Ele vai mostrando a planta baixa e pingam duas gotas de suor no quarto com closet. Jonas, eu quero mesmo é um abacate. Me mostra o tamanho da área verde. Só se tiver um abacateiro, Jonas. E aponta para a academia e o playground. Talvez venha de brinde se eu levar dois abacates. E encerra com o nome do empreendimento.

Para variar algo genérico em inglês seguido do nome do bairro. New Home Bairro, tipo isso. Está no cartão. Jonas não espera eu dizer não, me oferece logo seu número de celular para eu dar uma resposta depois de pensar. Eu não pensei. Me despeço, ele me dá um suado e sincero aperto de mão de um homem desesperado.

Logo mais estou em casa com um belo abacate na fruteira.

Assim como o nome real de Jonas, eu o esqueço e ele apodrece, pois o verão não perdoa.

Minguante aguardente

Um bêbado não desconfia nem da própria sombra. Sai de bafo ruim lambendo a sola das estrelas. Senta na guia da *solitude* igual um filho da puta esmaga de pronto com a bunda uma joaninha que estava apenas de passagem no assento do trem. Soluça igual a vida soluça. Vomita tempos ingratos de quintas-feiras moídas em cines pornôs. Entope a veia de caldo gorduroso do prensado, prensado, bem prensadinho. Rala joelho, cara e cotovelo, na parede, no chão, na mão do polícia. Cordão esfumaçado no peito, a padroeira em relevo na prata fosca. Um cigarro fedido do caralho fumado há três décadas ainda impregna os poros das costas do homem rude. Tonto, burro, perdido, impotente diante de tudo. Decidido em regar a flor da saudade com aguardente e ducha fria de espeluncas protegidas pela unção da Virgem Maria. Entrou num sonho de menino besta sobre coisas que voam, bichos que falam e mulheres gigantes e nunca mais se deixou acordar. Morrerá embaixo de uma fina camada de modéstia, asfixiado pelo pão envelhecido da lua minguante.

Bitucas

Começou a chuva. Dentro da roupa molhada, alguém cansado de correr. Na sarjeta, a água desce urgente formando um arco. As árvores já se despenteiam de folhas. Um guarda-chuva vira um garfo. Lá vai cachorro tremer de medo de raio. As bitucas boiam num balé besta. Burro foi Vitinho, que deixou tênis de marca no muro. Um ficou e virou piscina de mosquito, o outro o vento deu pro catador que vai andar pé sim, pé não, calçando Adidas. O catador carrega feito formiga um pedacinho da cidade, trabalha muito, mas respeita domingo que família é a coisa mais importante. Às vezes. Diante do diacho da chuvarada dá tempo de fumar um. Bola de boa sem pressa e manda beijo pros vultos atrás dos vidros temperados dos carros. Como só tem malcriado nessa bodega, ninguém devolve a elegância. Na fresta de uma janela, vem lá uma moça fungando um café de xícara gorda, faz *schrrl* ao encostar a boca e senta de banda de bunda no sofá pra ler um livro. O catador estica o pé sem capricho pras gotas pesadas e vê o calombo de inchaço escorrer poluição pra fora. Guarda um pouco do fininho pra de noite e fica dando bola pros riscos molhados estourando na luz do poste, e o som da TV que vaza das paredes e o cheiro de pão da tarde. Inventou mais ou menos ali um gosto que combinava com as coisas que sentia, e mascou o riso sozinho. Meia coisa nenhuma de tempo depois, o céu se cansou de espremer nuvem e veio um sol com preguiça de brilhar.

Embrulho

Naquele dia, minha mãe esperou eu deixar a sacola grande que eu carregava de lado. Um abraço de despedida é coisa de duas mãos. Sorriso estranho na cara, caminhão carregado de sonho, boa sorte no caminho, e se precisar voltar a porta estará sempre aberta.

Lá na frente, parecia que até a menor rua tinha um conselho pra me dar. Calma na vida, menino. Tem lombada na descida, na subida, mato, buraco, curva fechada. Você nunca aprende a manobrar por aqui, no tempo, mas vale a vista.

Me lembro de ficar de cantoria na cabeça. Roupas mal embrulhadas numa pressa só. Metade já não servia mais. A outra um dia seria trocada, sendo que uma calça e uma camiseta sujei de tinta, no dia que tiramos aquele azul sem sentido da sala.

Decorar qual chave é do quê. Esses pequenos rituais que merecem alguma ternura.

A primeira refeição é algum desastre bem-intencionado, devorada no improviso que prenuncia o que a vida é.

Uma dança sem cortinas.

Assim como o varal que não deu conta, o tapetinho de entrada era só pra ninguém ter dúvida alguma que dali em diante lar era o nome.

Dormimos na sala porque colchão é só um lugar que sustenta o peito onde se dorme.

A luz do poste fez a gentileza de não incomodar muito, mesmo que, pra todo efeito, eu já soubesse enxergar no escuro.

Deitado entre caixas desmontadas e jornais amontoados, pensei que o amor deve ser muito parecido com a sensação de não se importar se tudo vai caber ou fazer sentido.

Queria ter guardado essa noite melhor que guardei restos de sabonete naquele copo amarelo, como se juntando vários restos desse pra se formar um novo.

Hoje, quando começo a terminar de ir embora, talvez voltar, não sei direito, sem dança, cortina, tinta, caminhão e cantoria, faço questão de limpar a cozinha, arrumar as tralhas, deixar tudo em ordem. Não quero que o fim se confunda com o início. Um mistério é como na vida se termina tanta coisa começando tão pouca.

É o mesmo que dizer que a sacola de volta é mais pesada sendo mais vazia, pensei.

É o mesmo que dizer que o último abraço, mesmo o mais curto, dura mais, pensei.

Pensei também naquela rua estreita que passei um dia.

Depois disso não pensei em nada de importante.

Ioiô

Na hora do almoço eu me sentava num dos bancos do cemitério da Consolação. É um lugar bonito, calmo, parecia que o ruído de fora respeitava o luto e desviava dali. Silêncio.

E então teve aquele dia que senti a aproximação de alguma coisa.

Parecia uma velha, mas não sei dizer. Quando tentava olhar no seu rosto meu corpo doía. Assim que sentou já foi dizendo:

— Por favor, não me descreva no futuro como "a morte em pessoa".

Era a morte em pessoa.

Eu não vi nenhuma credencial, mas na hora entendi, na verdade senti, que era a morte em pessoa. Olhei meio de lado e ela estava usando jeans e uma blusa de moletom preta. Isso abalou um pouco a minha fé.

— Você é a morte mesmo?

— Bom, é um pouco limitadora essa definição mas, para facilitar, sim. Sou a morte, o evento, a entidade e a presença.

— Ai, Jesus.

— Mas você pode me chamar de Elisa.

— Aline?

— Elisa. Elisa.

— Elisa?

— Hoje é Elisa. Fico trocando de nome todo dia. Mas, honestamente, tanto faz.

— Elisa... eu vou morrer agora?

— Tá vendo? Por isso não importa. Ninguém quer puxar um assunto diferente. Ninguém me pergunta como é que eu tô. O que eu acho desse dia maravilhoso. É só "ai será que eu tô morrendo", "não me leva agora por favor", "deixa eu me despedir". Haja paciência.

— ... desculpe.

— Você não vai morrer agora. Não funciona assim, o.k.? E já sei o que você vai perguntar agora.

— O que... você está achando desse dia maravilhoso?

— Não precisa fazer essa média. Pode perguntar de verdade o que você quer saber.

— Você sabe, quer dizer, não precisa me dizer, mas, você sabe, assim, quando que eu...

— Que dia você vai morrer?

— É.

— Honestamente?

— Sim...

— De verdade?

— Pode falar.

— Eu não sei. Eu não conto o tempo no calendário.

— Você não sabe?

— Haha. Vamos lá. Que dia é hoje, menino?

— Quatro de outubro de dois mil e onze.

— É?

— É.

— Tem certeza?

— Tenho.

— Então prove.

— Oi?

— Prove que hoje é o dia quatro de outubro de dois mil e onze.

— Ué.

— Pois não?

— Eu não tenho como provar, mas está no calendário.

— E o que é um calendário?

— É um papel que te mostra... que dia é...

— E se eu não concordar com o papel?

— Não importa, todo mundo concorda, é o mundo organizado. Sem ele não tem como marcar coisas e se encontrar com as pessoas.

— Eu me encontrei com você sem ele, não?

— É diferente. Foi um encontro casual.

— Como você tem tanta certeza?

— Putz. Eu não tô morrendo mesmo não, né?

A morte riu de mim.

— Não. Mas, olha, isso que vocês chamam de dias e anos são só algumas das muitas formas de marcar o que vocês chamam de tempo. No meu trabalho eu não preciso usar isso.

— E como você sabe que chegou a hora de buscar alguém?

— Eu olho no meu relógio.

— Ah, então você usa calendário...

— É um relógio diferente. Você quer ver?

— Eu quero sim.

Elisa colocou a mão no bolso do moletom preto e tirou um objeto que se parecia muito com um ioiô.

— Esse seu relógio parece muito com um ioiô.

— É um ioiô...

Apertou o dedo no laço do barbante.

— ... mas também é um relógio. Eu uso assim.

Ela joga o ioiô, quc dcscc c dcpois volta para sua mão.

— Prontinho. É assim que eu conto o tempo de vida de alguém.

— Espera, espera, espera, como assim?

— Vou repetir devagar, preste atenção. Vocês começam aqui na minha mão. Depois descem. Aí começam a voltar. E acabam na minha mão de novo.

— Só isso?

— Bom. De vez em quando eu arrisco umas manobras. Mas sempre terminam na minha mão.

— Nossa... então cada volta do ioiô é tipo um ano de vida.

— Não tenta racionalizar.

— É. Hm. É... então a morte não é infalível afinal de contas.

— Como é que é, menino?

— Sim, porque, porque... se você errar na hora de jogar o ioiô, ele não... volta pra sua mão.

— O problema é que eu nunca erro.

— Nunquinha?

— Não tem Highlanders por aí. Te garanto. Joguei esse ioiô bilhões de vezes.

— Bilhões? Cacete.

— Por isso que eu não concordo muito com o calendário cristão. Dá uma impressão muito equivocada sobre quanto tempo faz que as coisas acontecem por aqui.

— Faz sentido... Elisa, eu tô onde nessa jogada assim... eu ainda tô descendo, ainda tô lá embaixo, ou já estou subindo?

— Querido, eu não tenho como te dizer se você tem muito ou pouco tempo. Tempo é uma interpretação. Você pode achar que tem pouco ou muito tempo dependendo da medição. Imagine se eu te disser que você tem ainda, hipoteticamente, um milhão de piscadas de olho antes de morrer. Você consideraria que é um número alto?

— Sim. Eu acho.

— Pois é só um pouco mais de um mês. Hipoteticamente.

— Caramba.

— E se eu te disser que te restam, hipoteticamente, sessenta pedaços de torta holandesa, parece pouco?

— Mas pode significar mais uns vinte anos.

— Você pegou a ideia. Imagine quantos espirros, torções de pé, esquecimentos da chave de casa, idas ao cinema ou eclipses lunares te restam e cada uma dessas informações vai te fazer se sentir com muito ou com pouco tempo.

— É... você tem razão.

— Eu sei. Esse papo me deu fome. Vou sair daqui e pegar uma torta holandesa. Você quer ir comigo?

— Melhor deixar pra mais tarde...

A morte riu para mim.

— Elisa. Por que eu? Por que se sentar aqui do meu lado e conversar comigo?

— Eu passo a hora do almoço aqui também. É silencioso, né?

— Seu trabalho deve ser puxado.

— É, vocês precisam parar de dormir com celular do lado da cabeça e comer miojo com salsicha.

— Eita.

— Bom, vou lá pra padaria terminar minha pausa. Foi bom conversar com você, menino. Continue escrevendo, viu? Geralmente eu apagaria totalmente essa lembrança da sua memória, mas vou deixar um devaneio disso aparecer daqui um tempo, como um sonho ou imaginação, algo assim.

— Tá bem. Não sei o que dizer.

— Só não me introduza como "a morte em pessoa", beleza? Estamos combinados?

— Estamos... você é meio doida, Elisa.

— Se vocês ao menos soubessem o que a loucura é. Bem, de qualquer forma, não sou eu que estou falando com um monte de galhos secos do meu lado.

Foi aí que eu consegui virar a cabeça e percebi que confundi um monte de galhos secos com a morte. Um ioiô enferrujado parecia ter se enroscado ali há muitos anos. Minha hora de almoço tinha praticamente terminado. A pessoa mais próxima varria folhas.

Desarrumação

Existe o lar e existe o abrigo.

Lar é um treco que eu não sei o que é. Eu sei que abrigo é um espaço onde você cabe e tem permissão para ficar ali. Por isso, tive abrigos muitas vezes fora de casa. E também fora de casas. Tive abrigo em igreja, tive abrigo em escola, tive abrigo em ônibus.

Abrigos são zonas temporárias de afeto.

Abrigos são pessoas e também livros. Quando chove você não busca um lar, busca abrigo. É um lugar ali. Mas nem sempre tem, né? Às vezes você tenta entrar numa coisa e, ou não cabe, ou não tem permissão para estar ali.

E tem aqueles momentos em que claramente, claramente, são as pessoas que se abrigam em você. Rapidão, chuvas passam, sei lá. É um negócio sobre chuvas. Eu não posso afirmar com exatidão pois as observo faz pouco tempo, mas até agora todas passaram.

Eu devo ser um toldo desses de ponto de ônibus em lugar nenhum. Nessas estradas de terra onde é melhor nem perguntar o quão perdidas as pessoas estavam na vida para irem parar ali. Mas já, já, passa um ônibus. É um negócio sobre ônibus. Eu não posso afirmar com exatidão pois os observo faz pouco tempo, mas até agora todos passaram.

Nem todos param. E às vezes tem greve. Vixe, acho que estou complicando essa metáfora. Na dúvida, ainda dá para ir de a pé.

Sendo gente é bem provável que fiquemos em trânsito boa parte do tempo. Rumando, que é o nome que se dá ao processo de estar em rumo. E desarrumando, que é quando a gente deixa um pouco de rumar. Então quando a gente desarruma é porque a gente parou. E se parou, pode ser que seja um abrigo.

Abrigo é uma desarrumação temporária.

Depois nós rearruma.

Marmitas frias

Em trinta e um anos nessa indústria vital
eu trabalhei
vendendo geladinho
entregando pizza
entregando água
vendendo pá de inox
vendendo revista
reciclando ferro
atendendo o SAC no telemarketing
ligando pra cobrar o povo no telemarketing
monitorando o povo que liga cobrando no telemarketing
treinando o povo que entra no telemarketing
atendendo turista pra Copa no telemarketing
envelopando exame médico no... telem-laboratório
dando aulas EAD (inclusive de técnicas de telemarketing)
vendendo camiseta (as minhas)

vendendo livro

vendendo roupa

etc.

Isso significa uma coisa:

"ex-colegas de trabalho" é o grupo social que mais tem gente na minha vida.

Eu saía de um trampo pra outro sem muita cerimônia. Um dia uma moça tentou puxar um APLAUSOS LENTOS para a minha saída. Porra, eram quase nove da noite, que morte horrível.

Não sei se quando vocês entram para a empresa e chegam pra assinar a carteira pensam umas coisas assim:

"Quanto tempo será que eu vou ficar aqui? Que história e que pessoas vou levar? Um belo dia estarei nessa mesma sala sendo demitido ou pedindo demissão, louco, né?"

Se bem que o mais provável seria todo mundo pensar:

"Boleto, boleto, água, luz, internet, aluguel, boleto, sobra quinze conto, se eu vender o VR pro japonês dá pra assinar a Netflix, arregacei".

Daí a essa altura você já fez uma bateria de poucosefudendo-exames. Basicamente o médico torce aqui, escuta ali:

Cê fuma?

Não.

Cê bebe?

Não.

Cê tá todo cagado de doença?

Não.

Dói?

Só quando eu rio.

Tá apto.

Vai pra sala do lado botar um fone e ouvir um monte de "pi" na orelha.

— Aperta o botão quando ouvir um ruído.

"Pi, pi, pi, pi, pi...", daí pra frente você dá uns chutes baseando no ritmo de *pis* e

— Tá apto.

— Vai no Poupatempo que essa foto três por quatro tem que ser RECENTE, você não pode andar por aí com o ultrassom da sua mãe estampada no RG.

— Senhor, que facada, tudo isso umas foto três por quatro? Tem um Photoshop incluído? Dá pra engrossar esse bigode? Bota uns foguinho no pescoço que as mina pira, entendeu a piada, mano? Pira, fogo, haha, essa foi...

— Dinheiro ou cartão?

— Pira, fogo, pira, as minas pira, no fogo, entendeu ô caraio?

— DINHEIRO OU CARTÃO?

— Só pelo seu mau humor é cartão, e Visa ainda por cima que é pra esculachar na taxa.

Trabalhador tirando trabalhador ou Sobre Como Forjamos Esse País.

Mas voltando,
primeiro dia de empresa é aquele dia da INTEGRAÇÃO.

Acho fofo.

- Vídeo na pior resolução disponível de mil anos atrás do Pedro Bial falando umas merda sobre a vida e protetor solar: *check*.
- Vídeo de gente fazendo graça no programa do Jô: *check*. Mas acho que hoje usam Porta dos Fundos ou Parafernália, para dar um ar MODERNO.

- Vídeo estilo Tudo Depende da Sua Garra e Força de Vontade Para Vencer: *check*.
- "Galera, cada um vai ler uma parte da missão, visão e valores da empresa": *check*.
- Dinâmica no estilo Constrangimento Público Levemente Engraçado Apenas Para Quem Bolou: *check*.
- Momento "vamos mandar a real, aqui não tem espaço para gente que não quer trabalhar": *check*.

E o mais temível de todos, o

- Momento musical: *check*.

Sabe o que é mais doido? Os cara ficam quatro horas tentando mostrar como a empresa é séria, mas ao mesmo tempo humana, e antes de ir embora você se vê obrigado a cantar

Se a lenda dessa paixão

Faz sorrir ou faz chorar

O coração é quem sabe.

Importante reforçar: essas histórias que eu conto aqui são REAIS. Eu tô falando de coreografias. De em

sentiu na pele aquele brilho tocar

você fazer um tremelique com os dedos acima dos ombros.

E estamos só no primeiro dia de trampo.

Segunda preocupação do trabalhador no primeiro dia de serviço: "Onde será que fica o Podrão mais próximo?".

Acho meio engraçadas umas listas tipo "lugares com preços honestos".

— É porque aqui, ó, cê realmente paga o que vale num borogodó ao molho do chef.

Ih, meu filho, vai rolar, não. Eu tô num nível assim, abaixo do honesto, sabe? Tô economizando VR pra pagar Netflix, essas séries tudo boa aí que não quero mais ver no Filmes Agá-dê. A gente não quer só comida, a gente quer tá por dentro dos meme.

Eu gosto do Podrão porque é desonestamente barato. Quer dizer, não é que eu goste, mas é o que tem. A melhor opção ainda é levar marmita, desde que se tenha conhecimento prévio do seguinte fenômeno social:

O Ladrão de Marmita.

Se pá existe uma guilda de ladrões de marmita com um QG num porão esquecido de alguma Contax. Eles contam proezas, fazem pequenos debates sobre educação alimentar, reclamam da crise e tiram selfies com o seu macarrão ao molho pronto com dois *nuggets* de ladinho.

Talvez exista um grupo secreto no Facebook, onde eles dão notas para as marmitas roubadas. Seu macarrão ao molho pronto com dois *nuggets* recebeu duas de cinco estrelas e o comentário: "rústico, somente".

Tinha um cara que comia a marmita dos outros e deixava dez conto dentro do vasilhame como compensação.

Pensa nesse país, que coisa mais linda.

No dia seguinte o lesado deixou a marmita e mais um suco de laranja que, vai que, rolaria doze conto.

Eu adoro esse país.

Quer dizer, não que eu adore, mas é o que tem.

E aí, depois de vários Podrão,

depois de vários:

Feijoada Todo Dia (menos de terça e quinta),

depois de vários:

Tome muito cuidado com fulano que é Zé Povinho.

depois de vários:

Num deixa sua marmita na geladeira, não, que os cara pega.

E outras coisas.

Entrego minha carteira de trabalho pros caras darem baixa.

Sem cerimônia. Uns tapinhas do chefe e nos falamos (nunca mais).

A gente entra mais ou menos do jeito que sai.

Fica com mais uns quinze para a extensa lista de ex-colegas de trabalho.

Faz outros exames de praxe. Responde qualquer coisa que tanto faz.

A vida passa, sobram as marmitas frias.

— Cê fuma?

— Fumo os ossos do anjo da morte.

— Cê bebe?

— Bebo as lágrimas do horror sem nome.

— Dói?

— Já nem sei mais.

— Tá apto.

Tonho e Tyson

Meu pai está com poucos dentes e dorme a maior parte do dia. Não sabe nem a quantas anda o futebol, nem mesmo a novela das nove. Eu o vejo sempre de passagem, a depender do dia ainda fala do tempo, está sempre frio demais, calor demais. Na maioria das vezes cumprimenta e passa da cozinha pro quarto, do quarto pro banheiro, do banheiro pro quarto.

Em dias úteis, trabalha. Tem setenta e seis anos.

Somos estranhos. Nunca tivemos uma conversa acerca de qualquer assunto da vida. Mas sempre esteve calor demais ou frio demais. E também existiam muitas histórias sobre as pessoas na televisão e nomes de passarinho. Em algumas madrugadas existiam as lutas do Mike Tyson. O Mike Tyson me apresentou a madrugada sem ser em noite de virada de ano. Era uma permissão. Pena que vinte e duas lutas acabaram no primeiro round.

Em 2018 meu pai me disse que talvez Bolsonaro seja um cara que queria fazer boas coisas. Eu disse que ele queria acabar com a aposentadoria, ele respondeu que então ele não presta, não. Só o pior tipo de gente quer roubar a aposentadoria dos outros.

Existem muitas pessoas ruins no mundo. Eu já achei que meu pai era a pior pessoa do mundo porque ele era violento e autoritário, mas só em casa. Na rua ele era boa-praça. Eu gosto da expressão boa-praça, sei lá por quê. Meu pai não era boa-praça em casa, demandava ser servido antes de qualquer outro membro da família. Quando era alcoólatra ele quebrava as coisas em casa.

Em toda a minha vida o chamei de pai pessoalmente só uma vez, quando ele pediu e eu tinha cinco anos. Por mim ele sempre foi chamado de Tonho. O Tonho tá de fogo era sinal de que ele estava bêbado e coisas ruins iriam acontecer.

Um dia ele desapareceu por um dia ou dois e voltou dizendo-se curado da bebida. De fato, nunca mais bebeu. O que aconteceu nesses dias ainda é um mistério. Mas hoje não acho meu pai a pior pessoa do mundo.

Em algum momento você ganha a altura parecida com a dos seus pais e com isso chegam ao fim as idealizações. Depois parece que ele é que foi encolhendo. Mas antes disso, bem antes disso meu pai arrumou um emprego logo depois de se tornar sóbrio. Ajudante de limpeza numa loja de carros de luxo. É seguro dizer que meu pai já deve ter passado pano em um carro cujo valor é maior do que todo o dinheiro que ele já ganhou em vida.

Meu pai ganhou um uniforme e certos direitos trabalhistas. Todo fim de ano tinha cesta básica de Natal. Da cesta eu lembro bem de um tipo de salsicha ruim, enlatada, e só comi aquela porcaria porque vinha na cesta. Ainda assim, era legal. Em uma breve fase das nossas vidas, quase todos meus irmãos estavam trabalhando também e comparávamos as cestas de Natal.

Houve um ano que meu pai, já uma espécie de entidade da firma, ganhou uma câmera fotográfica digital. Ele passou a tirar fotos da minha mãe. São fotos de bom gosto. Sei lá, não entendo de foto, minha mãe aparece bonita nelas. As pessoas também faziam festa de aniversário para ele, o seu Tonho.

Os anos e os Natais foram passando, as cestas acabaram, certos direitos trabalhistas também. Em 2019 a OMS deu o alerta mundial de um novo vírus com potencialidade de se tornar uma crise global. Meses depois a firma avisou que teria que ficar por um tempo fechada por conta do lockdown.

A firma prometeu que não iria cortar benefícios.

A firma cortou benefícios. E parte do salário.

A loja de carros de luxo considerou um problema financeiro manter meia dúzia de faxineiros com o salário integral. Passadas algumas semanas, contrataram um novo chefe. Salvo engano, o anterior era um senhor que morreu de covid. Esse novo chefe era jovem e precisava dar um jeito na pauperríssima condição financeira da loja de carros de luxo. Um a um foram demitindo a equipe de limpeza e terceirizando a função. Meu pai, com mais de vinte anos de casa, sobrou sozinho, mas sabia que poderia ser o próximo. Pediram para ele tirar férias. Convencido a provar que sua contribuição na empresa ainda poderia ser valiosa — e ele tinha razão, conforme descreve matéria do jornal *O Globo* de 28 de maio de 2021 intitulada "Crise? Que Crise? Mesmo com pandemia, carros de luxo têm explosão de vendas" — carros estes que não se limpam sozinhos —, meu pai resolveu trabalhar nas férias e treinar os novos funcionários terceirizados.

— O senhor tem certeza, seu Tonho? Não podemos pagar por isso.

— Ah, não tem problema, faço isso pelo bem da empresa.

E ele foi e trabalhou de graça durante a pandemia. No primeiro dia após as férias, meu pai estava convicto de que conseguira manter sua vaga. Foi chamado ao RH. Pediram o uniforme e o crachá, inútil há tempos, pois todo mundo sabia quem era seu

Tonho, e o demitiram. Não houve acordo, a decisão já havia sido tomada, mas agradeceram pelos serviços prestados. Por cerca de um mês meu pai continuou saindo de casa como se fosse trabalhar e ficava parado num banco em frente à firma, assistindo às pessoas. Assistindo aos carros. Depois precisou parar pois já estava estranho o seu Tonho indo ali todo dia.

Arrumou outro bico e hoje vive de passagem. Seu Tonho não está mais de fogo, está encolhido e apagado. E o Mike Tyson? Lutou recentemente contra um boxeador influencer — ou influencer boxeador, algo assim —, aos 58 anos. Um evento da Netflix. Assisti pela nostalgia, embora tenha me custado ficar acordado até de madrugada. Ainda é muito forte e intimidador, mas seus reflexos não são os mesmos, só que, se a porrada entrasse, seria fim instantâneo da luta.

Tyson ganhou os dois primeiros rounds, perdeu os outros seis. O influencer manteve distância segura e isso foi tudo. Uma garota de catorze anos em uma entrevista para um canal de TV perguntou sobre seu legado. Tyson respondeu que não acredita na palavra legado. "Não, não somos nada. Estamos simplesmente mortos. Somos pó. Não somos absolutamente nada. Nosso legado não é nada."

Tyson ganhou 20 milhões de dólares e meu pai nunca mais tirou uma foto. Não há acordos e legados. A loja de carros de luxo voltou às atividades com uma grande festa de reabertura.

Quinhentos reais pra ficar sentado quatro horas conversando?

Um breve relato

Existe um tema muito sensível na minha vida: dinheiro, ou melhor, trabalho.

Quinhentos reais pra ficar sentado quatro horas conversando? Esse foi o primeiro pensamento, um choque franco, quando fui convidado pra minha primeira "roda de conversa", em 2016.

Veja, eu não tive formação política, artística ou intelectual, pelo menos não nos moldes tradicionais. Era um terço do meu salário pra conversar sobre "os caminhos da esquerda", no Instituto Goethe. Na mesa, Tatiana Roque, Suely Rolnik, Andreza Delgado e mais uma turma. Eu nunca tinha ouvido falar em ninguém ali.

Semanas antes, minha vida era vender roupa e dobrar calça na Forever 21 da avenida Paulista e almoçar na Casa do Pão de Queijo. No público, jornalistas, estudantes etc. Eu sempre penso nesses quinhentos reais porque foi a abertura simbólica de um mundo que eu não fazia ideia de como era por dentro: o minúsculo universo da Comunicação & Artes da classe média de São Paulo.

Em 2016, pra variar, a esquerda progressista de classe média estava procurando novas vozes que tentassem explicar pra eles que merda era aquela que começou a acontecer e que deu na derrubada da Dilma. Meus textos viralizaram e, por um breve período, quando o Facebook era mais relevante, eu fui uma dessas vozes do momento. Nenhuma das análises de "erros da esquerda" que hoje virou pauta-mato são novidades pra mim.

Também não sei se fui meio petulante, mas sempre fui de conversar com pessoas de todo tipo, dos caras com quem eu trampava quando era reciclador de metais (e a gente parava nesses barzinhos bem de quebrada que é só uma janelinha numa garagem e garrafas de todas as cores que podem conter produtos de limpeza, pinga ou ambos) até professores universitários.

Certa vez, um pesquisador de doutorado da Universidade de Londres me entrevistou e, ao fim da conversa, ele perguntou algo que nunca esqueci: "De onde vem a sua inteligência?".

Foi uma pergunta sincera, de um preconceito sincero após descobrir que meus pais são respectivamente um auxiliar de limpeza e uma ex-empregada doméstica, que estudei em escola pública, que cresci no extremo Leste e que, naquela época, eu dei o nome de "hipercubo social" pra algo que mais tarde fui descobrir ser chamado de "câmara de eco" ou "circuito de crenças".

Mais tarde eu escrevi um texto respondendo que a pergunta interessante não era de onde minha inteligência veio, mas "pra onde ela vai?". Frase de efeito à parte, eu estava errado: a pergunta "de onde minha inteligência veio" é sim super-relevante, porque ela define pra onde ela vai, ou melhor, pra onde ela pode ir. Tudo vai depender se nesse mercado das ideias você aceita ou não o papel que querem te dar.

Pros meus padrões, eu fiquei sim chocado com o dinheiro que rolava principalmente na publicidade. O jeito que fui ensinado a trabalhar era totalmente diferente e tive que me adaptar. É um clichê, mas nesses espaços se autopromover é muito mais importante do que entregar.

Uma das histórias mais curiosas da minha vida é quando eu fui demitido por engano e meu chefe só descobriu dois meses depois. Acabei fazendo frila pra própria empresa da qual fui demitido.

Nos trampos de antes, a coisa boa era trabalhar discretamente e não se envolver em confusão. Trabalhar certinho pra ninguém lembrar que você existe. Receber em dia e tudo certinho era o mote. Na comunicação, você precisa lembrar o tempo todo que você existe, ainda, especialmente, fundamentalmente, se você não for um deles.

Um deles quem?

Vamos lá, todo mundo sabe quem são eles, alguns deles, quem sabe, talvez até leiam este texto e pensem "é mesmo, eu sou um deles". Não quero desmerecer profissionalmente essas pessoas, mas é gente que nunca teve a ansiedade de ter de pagar o aluguel. Pessoas que sempre tiveram alguém disponível para "ouvir seus projetos", pessoas que podem errar.

Sabe aqueles documentários doidos que imaginam como seria a vida em Netuno ou no planeta B78GGhX2? Então, pra mim pessoas que nunca tiveram o estresse real da falta de dinheiro são alienígenas, tenho o impulso de me comunicar com elas usando roupas especiais e uma lousa, como no filme *A chegada*.

Enfim, lembrar o tempo todo que você existe é um trabalho, mas cansativo mesmo é lembrar que, além de existir, você pensa. Esquece, me adiantei. O que cansa mesmo é, além de lembrar que você existe e pensa, lembrar que você merece ser remunerado pelo trabalho de pensar.

Meu choque, no fundo, no fundo, não foi ser remunerado pra ficar sentado por quatro horas numa roda de conversa. Foi ser remunerado pelas minhas ideias.

Eu tô simplificando um arco de reflexão extremamente complexo e muito longo. São muitas e muitas etapas pra uma pessoa como eu chegar a essa conclusão. Quanta porcaria eu salvei de ser um projeto medíocre, nem tenho como te contar sem parecer arrogante. Aliás, esse pecado, ser arrogante, esse vulto ronda minha cabeça o tempo todo. Será que se eu falar que quero isso, que fiz aquilo e que sei daquilo outro eu seria arrogante?

Na dúvida, depois de até tentar me adaptar, eu adotei a roupa antiga e fui, também movido pelo cansaço, entrando na técnica antiga, escondendo, na medida do possível, que eu existo e penso. Os textos foram sumindo, mas eu sou bom de trabalho, eu aprendo rápido, não faço firula e entrego, então consegui me estabelecer.

Poucas pessoas até então conhecem a história que vou contar agora. Um mês depois da roda de conversa eu peguei um frila no qual fiz uma palestra que envolvia a minha vida e escolhas que fiz. O termo técnico é "arregacei". Traumatizei dono de agência quando contei que dormia em "S" porque tinha tanta goteira em casa que não havia lugar onde não pingasse na cama. Mas não fiz isso de trucagem, com história de superação, fiz entre piadas de fliperama e chinelo de prego. Botei a foto da minha mãe no Keynote. No fim do dia, um diretor de uma empresa de análise de dados me chamou pra um papo. Na conversa ele me ofereceu um trampo assim "Quanto você ganha na loja? A gente cobre. Entra aqui, te ensino tudo sobre o trabalho. Não é algo intelectual, aqui a gente ensina que foto decotada dá mais clique em vídeo do YouTube, mas é algo que você pode aprender e usar em coisas legais".

Assim, de mão beijada, um trabalho numa das áreas mais promissoras do mundo. Demorei três dias e depois recusei. Eu estava começando a ter destaque com meus textos e a minha conclusão na época foi de que isso me afastaria do meu caminho. Burrice? Autenticidade? Os dois? Eu ando repetindo uma coisa pra pessoas próximas: todas as escolhas são boas e ruins. O tempo muda o significado.

Esses dias ouvi em um trabalho "Terto é um cara dos bastidores". É isso, sendo um técnico eficiente eu pago minhas contas, moro bem, se comparado a onde morei, durmo esticado e ajudo minha família. Mas me cansei do meu cansaço. Estou retomando textos, a newsletter *Praticamente Interessante* e meu podcast Cabeças Falantes são partes dessa história. Quero acreditar que um dia serei remunerado pelas minhas ideias, pela qualidade do meu texto, por resolver problemas com todo esse repertório que vem do barzinho-janela ao prêmio Vladimir Herzog. Vivo nesse mundo ainda alienígena pra mim, visto minha roupa especial, sinto que se tirar o capacete o ar vai me faltar, mas ainda estou por aqui, eu existo, penso e trabalho, respiro.

O que aprendi passando raiva

Uma crônica sobre a indignação

Uma das minhas resoluções para 2024 é passar raiva. Eu sei, parece preguiçoso e escolhi o objetivo mais fácil de todos, afinal, moro no Brasil e acesso internet, mas quero me aprofundar melhor nisso.

A raiva teve um papel importante na minha constituição como trabalhador e como sujeito no mundo. Penso que não fui grato suficiente a ela. Acredito que até os chamados bons sentimentos que me ocorrem — alegria, esperança, amizade, curiosidade — tiveram relação com ela.

No começo da adolescência, quando fiz teatro vocacional, uma professora me disse algo que ficou ressoando em mim para sempre: "Você é muito bom, tem um caos em você que te faz muito bem, mas toma cuidado com ele para não te engolir".

Esse caos é algo a que tentei dar nome ao longo da vida. Uma indignação com certo estado das coisas e uma vontade de quebrar coisas inquebráveis. Sim, esse caos precisa de apuro e poderia me levar para qualquer lugar. Mas, em mim, gerou um processo criativo e também de sobrevivência. Esse caos, enfim, é a raiva.

Raiva não é um sentimento bonito e as pessoas não gostam de admitir que sentem, pior ainda, o quão definidor pode ser esse sentimento em suas vidas. Porque a raiva está posta num campo problemático, remete à violência e à falta de uma suposta racionalidade, raiva seria uma reação. Raiva é, literalmente, o nome de uma das piores doenças já registradas na humanidade, raiva é o rosto de um cão babando e mostrando os dentes. Claro, dentro de toda simbologia criada a partir de uma sociedade moralista.

Vejo a raiva como um sentimento muito mais complexo que isso, porque acredito que ela incorpora a indignação. Raiva é um tipo de energia condutora da indignação e é em torno da indignação que definimos nossa personalidade. Uma criança é um ser em constante e profunda indignação. Indignação pois o objeto bonito e brilhante está longe, indignação porque no exato instante em que sente a fome existe todo esse tempo até que o alimento chegue à boca e faça a fome sumir. Indignação por precisar alcançar coisas com braços tão pequenos, por existir dor, frio, escuro, por existir limites, gravidade e distância. E, para manifestar essa indignação, o bebê grita. Bebês não choram, aliás, bebês gritam. Chorar é uma performance adulta, a gente aprende a chorar e fica, exceto em raras tristezas, com aquele choro do jeito que se definiu como apropriado, escapando aqui e ali algum soluço. Mas a criança, antes de aprender essa convenção, grita, e esse grito infantil é seu movimento possível.

Esse movimento possível, às vezes, é tão somente a raiva que nos convoca. Ainda mais quando há mais e mais coisas com as quais se indignar. Teimamos, tentamos correr para o lado de que todo sofrimento tem um sentido e de que coisas boas acontecerão a pessoas boas, e um dia coisas ruins acontecerão com pessoas ruins. Ou depositamos, claro, esperança que o trabalho árduo responderá, em seu devido tempo, às humilhações.

O tempo e a maturidade, quem sabe, poderão nos dar maior preparo. Instrução filosófica e política, o conhecimento deve permitir algum acalanto, ou ainda o excesso, a fuga, se afastar do mundo estando em outro mundo, produzir outro mundo melhor etc. Mas calha de num dia não programado, de um jeito até estabanado, quando estamos girando em círculos que não agridem mais nenhuma fórmula em nossa vida, a raiva causa uma mudança de trajetória inexplicável.

Eu escrevi há um tempo que um marcador de classe é a diferença entre raiva e frustração. O rico se frustra, o pobre tem raiva. E a raiva está sempre presente numa vida marcada pelas humilhações, diluída em cada empurrão no metrô, em cada demissão sem sentido, em cada conta não paga, em cada olhar de recusa, em cada interdição. Raivas de contextos de gênero e raça. Raivas de percursos específicos, como o meu que hoje acessei o mundo da comunicação e compreendi com clareza a mediocridade com as quais são estabelecidas as relações de poder nesse mundo.

Essa raiva diluída, ela sim é um cachorro imprevisível, mas por isso se fala em organização da raiva. Claro, na esfera política, mas também na esfera constitutiva. É bem provável que você, que leu este texto até aqui, sinta raiva e talvez a trate como uma febre que precisa passar. Não vai passar. Organizar sua raiva é organizar a si mesmo.

Trago más notícias, o mundo não vai melhorar. A inteligência artificial não vai te fazer trabalhar menos. Trabalhar mais hoje não vai te fazer trabalhar menos amanhã. Onde houver pessoas indignadas com isso é onde você precisa estar.

A raiva não é um terreno infértil. Essa é a nossa diferença para a raiva infantil, nós temos a perspectiva do que poderia ser e por isso sentimos raiva do que é. A beleza, pensei nisso outro dia, é um tipo de deslocamento da realidade. É perceber um sentido nas formas e, quando digo beleza, não me refiro ao valor do que é dito como belo, mas à experiência única e particular de ver a beleza, nos sentidos que ela possa ter. Portanto, não há nenhuma surpresa em dizer que do mesmo caos de onde nasce a raiva nasce o fascínio, outro objeto diluído entre os dias.

Pensando bem, minha resolução não se trata de passar raiva, mas, de fato, de organizar ou desorganizar ela do jeito em que foi organizada, como uma febre baixa do cotidiano.

Um amigo me disse que gente como a gente às vezes vai na força da raiva mesmo. Eu entendo. O mesmo caos que me empurrou da cama produz em mim algum sonho, ainda que nem sempre eu consiga dormir direito.

E eu escrevo com raiva mesmo as coisas mais bonitas que eu tenho para dizer.

Biocrônica do autor

Eu cresci na periferia.

Não aquela periferia que você respeita, aquela periferia onde os turistas-sociais vão curtir um sarau, a periferia que a novela copia, favela hi-tech, visita de ator global, celebrada em letras de música. Não essa. Cresci na cada-um-por-si, na se-deus-quiser-deus-ajuda, no amontoado de sonhos que sobraram ali, nos escombros humanos da cidade. Nunca fui malandrão, todo jão, nunca cuspi gíria pra assinar a carteirinha do gueto. Eu era nerdão, lerdão de briga, bicho acuado, falava baixo, apanhava na hora da saída, pensava rápido demais e isso parecia um problema. Imaginava alto demais e isso parecia um problema. Meu pai, nordestino crescido na roça, loiro de olhos verdes, comia carne pra caralho, cheirava a Derby vermelho, reclamava dos moleques, bigode grosso, ex-alcoólatra, católico não praticante, não permitia abrirem o refrigerante antes de ele se servir. Minha mãe, preta mineira, veio de Alfenas com várias irmãs, ex-doméstica, ex-crente, não vota há trinta anos, firme nas fés que pôde conhecer, carimbou no mundo eu e meus três irmãos, todos sobreviveram, menos eu que resolvi virar escritor.

Desde criança eu estou sempre indo embora e sempre voltando. De casas e histórias e pessoas.

Agora a história é essa. *Marmitas frias*, meu primeiro livro. Mastigue com força que a sutileza virá no arroto. São crônicas e contos sobre o intervalo. A hora do almoço é um intervalo, a infância é um intervalo, uma conversa é um intervalo, o aprendizado, a perda. Intervalos.

Eu cresci nos intervalos.

Não esses intervalos que você respeita. Cresci nos intervalos de sonhos que sobraram ali, nos escombros humanos da cidade, levando minhas marmitas frias.

RICARDO TERTO

FSC
www.fsc.org
MISTO
Papel | Apoiando o manejo florestal responsável
FSC® C011095

A marca FSC® é a garantia de que a madeira utilizada na fabricação do papel deste livro provém de florestas gerenciadas de maneira ambientalmente correta, socialmente justa e economicamente viável e de outras fontes de origem controlada.

DIRETORAS EDITORIAIS Fernanda Diamant e Rita Mattar
EDITORA Juliana de A. Rodrigues
ASSISTENTE EDITORIAL Rodrigo Sampaio
REVISÃO Fernanda Marão e Allanis Carolina Ferreira
DIRETORA DE ARTE Julia Monteiro
CAPA Oga Mendonça
PROJETO GRÁFICO Alles Blau
EDITORAÇÃO ELETRÔNICA Página Viva

CIP-BRASIL. CATALOGAÇÃO NA PUBLICAÇÃO
SINDICATO NACIONAL DOS EDITORES DE LIVROS, RJ

T318m

Terto, Ricardo
Marmitas frias : e requentadas / Ricardo Terto. — 1. ed. — São Paulo : Fósforo, 2025.

ISBN: 978-65-6000-123-7

1. Crônicas brasileiras. I. Título.

25-98211.1 CDD: B869.8
CDU: 82-94(81)

Gabriela Faray Ferreira Lopes — Bibliotecária — CRB-7/6643

Editora Fósforo
Rua 24 de Maio, 270/276
10º andar, salas 1 e 2 — República
01041-001 — São Paulo, SP, Brasil
Tel: (11) 3224.2055
contato@fosforoeditora.com.br
www.fosforoeditora.com.br

Este livro foi composto em GT Alpina e
GT Flexa e impresso pela Ipsis em papel
Golden Paper 80 g/m² para a Editora
Fósforo em junho de 2025.